Konsalik

Ein Komet fällt vom Himmel

tosa

Umschlag von Rincón² Design & Produktion unter Verwendung einer Illustration von The Image Bank

Gesamtherstellung: Der Graph, Wien
Printed in Austria

»Das ist unmöglich!« sagte Mortonson. »Das ist völlig unmöglich! Da spielt einer total verrückt!«

Er beugte sich wieder über die Berechnungen, die der Computer nach den eingegebenen Daten ausgespuckt hatte, und schüttelte den Kopf. Der Computer mußte irgendwo einen durchgebrannten Draht oder einen klemmenden Kontakt haben ... was da an Zahlen in der typisch eckigen Schrift der automatischen Schreibmaschine vor Mortonson lag, war so ungeheuerlich, daß es sich nur um einen Fehler handeln konnte.

Dr. Henry Mortonson war kein Mann, den man so schnell aus der Fassung bringen konnte. Wer sich über 25 Jahre lang mit dem Weltall und seinen Gestirnen beschäftigt, wer Planetenbahnen berechnet und Millionen Lichtjahre entfernte Spiralnebel mit riesigen Spiegelteleskopen abtastet, den können so kleine irdische Dinge wie ein Rechenfehler nicht erschüttern.

Trotzdem verlor Mortonson jetzt einen Augenblick die Fassung. Als zweiter wissenschaftlicher Direktor der astronomischen Forschungszentrale und Sternwarte Mount Hillary hatte er sich für die nächsten Wochen ein ›Lieblingskind am Himmel‹ – wie er es nannte – reserviert: den am 7. März – also vor 9 Monaten – von dem in Hamburg-Bergedorf tätigen Astronomen Lobus Kohatek durch Zufall entdeckten Kometen, der sich mit einer ungeheuren Geschwindigkeit der Erde näherte und der am Ende des Jahres und in den ersten Januartagen als eine Himmelserscheinung groß und deutlich, mit einem riesigen flammenden Schweif über das Firmament rasen sollte. Ungefährlich, in einer Entfernung von 250 Millionen Kilometern ... ein faszinierendes Schauspiel, wie es nur alle 9 bis 12 Millionen Jahre von der Erde aus sichtbar ist. Dann sollte sich der Komet Kohatek wieder im Unendlichen entfernen ... nichts zurücklassend als Tausende von Fotos für die Geschichtsbücher.

Ein Stern, der vorüberzieht ... ein neuer ›Stern von Bethlehem‹ nach nahezu zweitausend Jahren ... nur hundertmal gewaltiger, näher, schöner und für ein paar Stunden den Himmel beherrschend.

Das alles bestritt jetzt der Computer von Mount Hillary. Die Rechnung, die er auswarf, war glatter Wahnsinn. Dr. Mortonson las sie erneut durch, legte sie beiseite und begann, den Computer noch einmal mit der Summe aller feststehenden Zahlen zu füttern. Es waren Berechnungen und Messungen, die Mortonson selbst an dem Kometen Kohatek angestellt hatte, Routinezahlen gewissermaßen, Messungen der Geschwindigkeit, des Flugweges, des Durchzugs durch andere Sternfelder. Da gab es keine Irrtümer ... man konnte den Kometen sehen und verfolgen ... seine Bahn war in den letzten Tagen klar geworden. Für einen Astronomen war Kohatek wie ein Rennpferd, das man jetzt von der Tribüne aus gemütlich bei seinem Rennen beobachten konnte.

Aus dem Computer kamen neue Bogen. Die Ergebnisse waren klar und eindeutig: Die Zahlen der verrückten Berechnung blieben bestehen, die Prognose wurde bestätigt. Ein Elektronengehirn irrt sich nicht wie ein Mensch.

»Das ist ungeheuerlich«, sagte Mortonson und legte beide Hände flach auf die Papiere. Er sah, daß sie zitterten, und jetzt spürte er auch, wie das Zucken durch seinen ganzen Körper lief. Er starrte auf die verschiedenen großen Karten, in die man den ›Kohatek‹ und alle Laufbahnen eingezeichnet hatte. Nichts stimmte mehr, wenn die neuen Zahlen Wahrheit wurden.

Mortonson brauchte eine halbe Stunde, ehe er sich

beruhigt hatte. Dann meldete er ein Blitzgespräch nach Schweden und nach Deutschland an.

Zuerst meldete sich Deutschland: Die Sternwarte St. Agatha. Die Töne der fernen, aber deutlichen Stimme klangen in Mortonsons Ohren wie Paukenschläge. »Bitte Dr. Pohle«, sagte er heiser. »Es ist dringend, sehr dringend.«

Es knackte ein paarmal im Apparat, dann hörte Mortonson die helle, forsche Stimme des deutschen Astronomen Peter Pohle.

»Ja? Hier Pohle. Mount Hillary, höre ich?«

»Mortonson hier.«

»Welche Freude, Sie zu hören, Henry. Ich habe eben ein Fernschreiben an Sie diktiert ...«

»Wegen Kohatek?« fragte Mortonson gespannt. Seine Stimme klang rostig.

»Aber nein! Sie haben doch morgen Geburtstag ...«

»Ach ja.« Mortonson nickte. 51 Jahre alt, dachte er. Ich habe es ganz vergessen. Wenn man allein ist, Witwer, ohne Kinder, da werden persönliche Feiertage nicht mehr so wichtig. »Meinen herzlichen Dank im voraus, Peter.« Mortonson räusperte sich. »Wissen Sie Neues von Kohatek?«

»Was sollte es Neues geben? Der dicke Knabe rauscht auf uns zu und bietet uns zu Sylvester ein unentgeltliches Feuerwerk. Ich freue mich schon auf die Fotos von Skylab. Übrigens, am 7. Januar kommt ›Kohatek‹ in die schönste Konstellation. Er erreicht seine größte Helligkeit und schiebt sich unmittelbar über die Venus, in nächster Nachbarschaft zu Jupiter.«

»Ich weiß«, sagte Mortonson trocken. Danach holte er tief Atem. »Aber es wird keinen 7. Januar geben.«

Peter Pohle wartete, aber da nichts weiter kam, sagte

er: »Henry, Sie haben anscheinend einen wichtigen Teil des Witzes vergessen. Ich kann noch nicht lachen!«

»Das verlangt keiner von Ihnen. Am 5. Januar hört jedes Datum auf. Am 5. Januar nächsten Jahres hört hier alles auf.«

»Das ist jetzt doch noch ein Witz geworden«, sagte Peter Pohle, aber seine Stimme klang unsicher. »Henry, was ist mit Ihnen los?«

»Ich habe die neuesten Berechnungen hier, Peter. Sie sollten sich ›Kohatek‹ einmal intensiv ansehen. Seine Flugbahn ist abgewichen. Nach den Berechnungen fliegt er nun nicht mehr an uns vorbei, sondern hat am 5. Januar Berührung mit der Erde!«

»Holen Sie für Ihren Computer einen Doktor«, sagte Peter Pohle gepreßt. »Der Bursche spinnt ja! Henry, liegen gleichlautende Hypothesen von anderen Forschungsanstalten vor?«

»Bis jetzt nicht. Ich habe ein Gespräch zu Gustafsen angemeldet. Auch Cobernet in Paris werde ich anrufen. Zu Nikita Sotow ist ja kein Durchkommen. Ehe man den in seinem sibirischen Nest an die Leitung kriegt! Aber wenn es stimmt, dann hat Sotow es auch berechnet! Nur sagen die Russen kein Wort!«

»In diesem Falle doch! Es trifft ja auch sie.«

»Natürlich.« Mortonson blickte auf seinen zweiten Apparat. Ein rotes Licht flammte auf, ein Summerton war zu hören. »Ich habe Schweden auf der Leitung. Bis nachher, Peter. Ich rufe Sie wieder an ...«

In Schweden, in der Sternwarte Akerström, aß Dr. Ingmar Gustafsen gerade ein belegtes Brot, als Mortonsons Gespräch zu ihm durchgestellt wurde. Er begrüßte den Kollegen aus Amerika herzlich, und auch er wünschte ihm ein schönes, neues Lebensjahr.

»Es wird kurz sein, Gustafsen«, sagte Mortonson dunkel. »Sehr kurz.«

»Mein Gott, sind Sie krank, Mortonson?« Gustafsen legte sein Butterbrot zur Seite. »Was haben Sie, Henry? Glauben Sie den Ärzten nicht alles, auch die irren sich manchmal.«

»Aber kein Computer.«

»Kaum. Was sagt der Computer bei Ihnen?«

»Am 5. Januar fällt ›Kohatek‹ auf die Erde!«

Einen Augenblick war es still in Schweden, dann sagte Gustafsen fast ärgerlich: »Blödsinn, Henry! Ich habe gestern erst . . .«

»Ich auch, Gustafsen! Aber heute sieht es ganz anders aus. ›Kohatek‹ ist abgewichen. Er rast unmittelbar auf uns zu, nicht in 250 Millionen Kilometern an uns vorbei! Er trifft uns voll am 5. Januar! Mit einer Geschwindigkeit von 50 km in der Sekunde! Einschlagstelle: Zentraleuropa! Also Ihr Gebiet! Vom Nordkap bis zu den Küsten Afrikas, vom Ural bis nach Neufundland ist alles vernichtet. Muß ich Ihnen die gesamte Skala dieses Weltunterganges erklären?«

Und wie in St. Agatha sagte auch Gustafsen milde: »Henry, werfen Sie Ihren Computer weg! Amerika sollte sich bessere Apparaturen leisten.« Dann aß er sein Brot weiter und meinte kauend: »Aber ich prüfe das sofort nach. Trinken Sie einen großen Whisky, Henry.«

Wortlos legte Mortonson auf. Es war nur zu natürlich: Keiner glaubte ihm. Der Gedanke, daß am 5. Januar die Welt untergehen würde, war zu absurd, um ihn ernst zu nehmen. Aber wenn auch alles unglaubhaft war, eines blieb: Dort oben am Himmel raste, von Tag zu Tag immer deutlicher sichtbar werdend, der Komet ›Kohatek‹ heran . . . ein kompakter Kern von 18 km Durchmesser, ein Kometenkopf von 100 000 Kilometer Durchmesser, umgeben von einer Wasserstoffwolke von 1 Million Kilometer Durchmesser, und hinter sich einen Schweif herziehend in einer Länge von 60 Millionen Kilometern ... eine wabernde, glühende Gaswolke, ein Schild des Kometen, der alles, was sich ihm im Weltraum in den Weg stellen sollte, abwehrt oder aufsaugt. Eine für die Menschheit unvorstellbar riesige Granate, die die Erde zerfetzt ...

Mortonson verzichtete darauf, auch noch Jean Cobernet in Paris anzurufen. Der kleine, quirlige Franzose würde zu ihm sagen: »Mon cher ami, kommen Sie nach Paris. Sie leiden unter Einsamkeitskomplexen. Hier haben wir schöne Frauen genug ...«

Aber was machte Sotow? Nikita Mironowitsch Sotow in der Forschungszentrale von Nowo Kjusnow in Nordsibirien? Wenn jemand die neuen Berechnungen ernst nahm, war es Sotow.

Mortonson rief in Washington an. Er sah keinen anderen Ausweg mehr. Die Zahlenreihen vor ihm begannen feurig zu flimmern. Die Nerven, dachte er. Ich verliere die Nerven. Ist das nicht zu verstehen? Am 5. Januar geht die Welt unter.

Und das ist jetzt kein Witz mehr. Der Komet ›Kohatek‹ ist eine mit 50 km in der Sekunde auf uns zurasende Wahrheit ...

*

Reporter, die jeden Tag etwas Neues erjagen müssen, haben es schwer, vor allem in den USA. Dort ist das ›Zuerst-da-sein‹ für einen Reporter so lebenswichtig wie Blut. Jede Meldung, die die Konkurrenz eher bringt, ist ein roter Strich hinter dem Namen. Nach einer bestimmten Anzahl Striche kann man sich einen anderen Job suchen. Vielleicht als Mixer in einer Milchbar.

Herp Masters war ein cleverer Junge. Er hatte Verbindungen zu allem, was Informationen einbrachte, aber das kostete ihn viel Kaltschnäuzigkeit und eine Masse Neugier. Trotzdem ging ihm ab und zu eine Sache durch die Lappen, und dann hieß es: »Herp, du bist Reporter und nicht nur Sonnyboy! Statt deine Zeit mit Lil zu verbringen, solltest du lieber auf Achse sein.«

So war es Herp im Augenblick ganz recht, daß Lil als Korrespondentin zu einem Elektrokonzern ging, der in München eine Niederlassung hatte. Lil Abbot verpflichtete sich für ein Jahr nach Deutschland. »In diesem Jahr haben wir genug gespart, um zu heiraten«, sagte sie zum Abschied. »Sieh zu, Herp, daß du die Story deines Lebens bekommst ...«

Herp Masters lag also auf der Lauer, aber außer dem Alltagskram jedes Journalisten kam nichts an ihn heran, was den Namen Herp Masters auf einen Schlag in der Welt bekannt gemacht hätte. Kein Präsidentenmord, den man schon vorher wußte, kein neues Watergate ... es war still in der Welt, was die ganz große Sensation betraf. So achtete Herp Masters auch nicht darauf, daß ein Prof. Dr. Mortonson im Außenministerium vorgelassen wurde und zwei Stunden später zu einer Sonderbesprechung mit dem Präsidenten ins Weiße Haus geholt wurde.

Masters, der mit anderen Reportern herumlungerte, registrierte bloß, daß Mortonson sehr bleich war. Er ahnte noch nicht, daß er der Stunde, von der an er, Herp Masters, die ganze Welt in der Hand hatte, so nahe war, daß er sie bereits greifen konnte.

Henry Mortonson blieb eine Stunde beim amerikanischen Präsidenten. Nur der Außenminister der USA und ein Sekretär waren bei dem Gespräch zugegen ... als sich die Türen wieder öffneten, war aus des Präsidenten Gesicht das ständige Lächeln weggewischt, des Außenministers Brille war beschlagen, und der Sekretär kaute an der Unterlippe. Wie Mortonson bewegten sie sich wie aufgezogene Puppen.

»Nicht ein Wort darf davon bekannt werden«, hatte Präsident Garrison gesagt. »Dr. Mortonson, Sie können sich nicht irren?«

»Ich ja — aber nicht der Computer. Was soll geschehen?«

»Wir werden einige Herren des Katastrophenrates zusammenrufen«, hatte der Außenminister gesagt. »Außerdem werden wir in Moskau anfragen. Mein Gott, wenn das stimmt, Henry.«

»Es stimmt!« Mortonson wischte sich den kalten Schweiß von der Stirn. »Am 5. Januar wird die Erde zerplatzen — — —«

*

Es war nur ein Einfall, daß Herp Masters Prof. Mortonson auf der großen Innentreppe des Weißen Hauses anhielt und ansprach. Herp kam von einer routinemäßigen Pressekonferenz.

Warum sich Herp gerade jetzt den zufällig im Treppenhaus anwesenden Mortonson schnappte, konnte er später nicht mehr erklären. Die Regie des Schicksals war vollkommen.

»Sind Sie nicht Mortonson, der Sterngucker?« sagte Herp in seiner verdammt schnoddrigen Art. »Mann, Professor, laufen Sie nicht weg. So eilig haben's Ihre

Sterne nicht. Nur eine Frage: Ist es eines Tages möglich, alle notwendige Energie für die Welt aus dem Weltraum zu holen? Sonnenenergie oder andere elektrische Spannungsfelder, die wir uns nutzbar machen können? Kann so etwas eintreten, theoretisch?«

Mortonson zuckte zusammen, als habe man ihn geohrfeigt, und starrte den Reporter aus leeren Augen an.

»Möglich ist alles«, sagte er dumpf. »In hundert Jahren oder später. Mein Gott ... in hundert Jahren ...«

»Früher nicht?«

»Nein!« Mortonson schüttelte Herps Hand, die auf seinem Unterarm lag, ab. »Vielleicht nie! Sicherlich nie — — —«

Er wandte sich ab und rannte die Treppe hinunter, als verfolge man ihn wegen Präsidentenmordes. Herp Masters blickte ihm nach und wollte schon sagen: »Sternengucken muß tatsächlich das Gehirn leerblasen«, als er den Außenminister sah, der mit seinem Sekretär ebenso eilig die Treppe hinunterkam und zu seinem wartenden Wagen rannte.

Herp hatte oft mit ihm zu tun gehabt, vor allem, wenn der flotte Henry Messanger wieder mit einer auffallenden Schönen aufgetaucht war. Aber heute sah er einen völlig veränderten Außenminister: Aufgeregt, ohne das Pokerface, ohne die glänzende Hülle des immer gegenwärtigen Optimisten.

»Hier stinkt etwas!« sagte Herp Masters mit dem Gespür des Reporters. »Was hatte Mortonson beim Präsidenten zu suchen. In Gegenwart des Außenministers? Und warum rennen beide weg, als hätten sie Wespen in der Hose?!«

Aber es war nichts herauszubekommen. Herps beste Informanten im Weißen Haus versagten kläglich. Niemand wußte etwas. Aus Dick Garrisons nächster Umgebung schlug Herp sogar Staunen entgegen: Keiner hatte eine Ahnung, daß Mortonson bei dem Präsidenten gewesen war. Messanger hatte ihn mitgebracht unter Umgehung des üblichen Anmeldeweges.

»Es stinkt gewaltig«, sagte Masters wieder zu sich. »Läßt sich Garrison jetzt seine Politik aus den Sternen lesen?!«

Reporter sein, heißt schnell sein. Herp wählte den einzig richtigen Weg . . . er fuhr nach Mount Hillary. Daß Mortonson mit einer Regierungsmaschine dorthin zurückgebracht worden war, schien ein Beweis zu sein, daß hinter verschlossenen Türen etwas ausgebrütet wurde.

Am späten Abend kam Herp Masters in dem kleinen Ort Jamestown am Fuße des Mount Hillary an. Er mietete ein Zimmer im Motel, rief seine Redaktion an und berichtete, daß er sich plötzlich sehr für Astronomie interessiere. Der stellvertretende Chefredakteur nannte ihn einen Blödmann und legte auf.

In der Nacht verließ Herp Masters sein Hotelzimmer und begann den ›Sturm‹ auf den Mount Hillary. Bis ans Observatorium kam er auf der guten Autostraße heran, dann begann ein Sperrgebiet, in dem die wissenschaftlichen Institute lagen, nur zu erreichen mit Lichtbildausweisen. Herp parkte seinen Wagen auf dem Besucherparkplatz, klemmte ein zusammengerolltes Werkzeugstecktuch unter den Arm und verschwand in der Dunkelheit der Felsen und des Bergwaldes.

Es war zur gleichen Stunde, als Dr. Mortonson vom Computer die letzten Zahlen bekam: Der Komet Kohatek behielt seine Richtungsänderung bei — er raste genau auf die Erde zu.

Nikita Mironowitsch Sotow war ein hagerer, oft unhöflicher und jähzorniger Mensch, der wenig Freunde hatte, aber dessen Fähigkeiten auf dem Gebiet der Astronomie so überragend waren, daß man ihm die Leitung der Forschungsstelle Nowo Kjusnow übertragen hatte. Es gab in der UdSSR keinen besseren Astronomen. Sotow wußte das, wurde noch ungenießbarer, schrieb zwei aufsehenerregende Bücher und erhielt den Lenin-Orden.

Er war deshalb ziemlich grob, als ihn sein Kollege Dr. Gustafsen anrief. Der Schwede hatte eine wahre Geduldsleistung vollbracht, denn bis man Sotow im fernen Sibirien am Apparat hatte, mußte man fünf Stunden warten. Eine Menge Stellen schalteten sich dazwischen und reichten das gewünschte Gespräch dann weiter.

Gustafsen war es klar, daß auch dieses Telefonat auf Band aufgenommen wurde, und versuchte deshalb, so vorsichtig wie möglich zu sein.

»Professor Sotow«, sagte er zögernd, »ich habe von dem Kollegen Mortonson einen Bericht erhalten. Es geht um ›Kohatek‹. Er bittet uns, die Berechnungen zu überprüfen. Vielleicht ist auch nur sein Computer defekt.«

Sotow knurrte etwas und antwortete dann laut: »Und darum rufen Sie mich an, Gustafsen? ›Kohatek‹ ist ein wahrer Glücksfall für unsere Wissenschaft.«

»Mortonson meint das Gegenteil . . .« Jetzt muß er's begreifen, dachte Gustafsen. Und Sotow begriff.

»Blödsinn!« sagte er grob. »War Mortonson betrunken?«

»Nein! Fassungslos.«

»Wir rechnen alles durch. Einen Gruß an das schöne Stockholm.«

Es knackte . . . Sibirien schwieg wieder.

Fünf Stunden später wurde Parteichef Voroucov an das Telefon gebeten. Prof. Sotow aus Nowo Kjusnow war am Apparat, und daß er Voroucov überhaupt sprechen konnte, verdankte er nur einem Umweg über genau vierzehn hohe Parteigenossen und dem Einschalten des Premierministers.

»Wackeln die Sterne?« fragte Voroucov gut gelaunt. Sotow hatte einen guten Tag erwischt. Und so antwortete er prompt:

»Jawohl. Sie wackeln nicht bloß, sie fallen vom Himmel! Am 5. Januar fällt der Komet ›Kohatek‹ auf die Erde. Das ist der Weltuntergang . . .«

»Sind Sie verrückt?« sagte Voroucov betroffen. »Nikita Mironowitsch, ich verbitte mir, daß — — —«

»Prof. Mortonson vom Institut Mount Hillary in den USA hat es zuerst entdeckt: Der Komet ist aus der Bahn gekommen. Nach neuesten Berechnungen muß er auf die Erde fallen! Ich kann das nur bestätigen . . .«

Voroucov starrte gegen die Wand und preßte den Hörer gegen das Ohr. Drüben in Sibirien hörte man nur noch seinen lauten Atem.

»Was nun?« fragte Sotow.

»Nichts! Strengstes Stillschweigen vor allem. Diese Weltpanik wäre nicht auszudenken! Ich werde sofort den Ministerrat zusammenrufen. Nikita Mironowitsch, schweigen Sie zu allen darüber!«

In dieser Nacht wurden alle erreichbaren Minister aus ihren Betten geholt und in den Kreml gefahren. In Washington tagte bereits seit Stunden der Katastrophenrat.

Noch ahnte die Welt nichts. Das Leben ging weiter wie bisher, zwischen Geburt und Tod, Liebe und Haß, Geben und Nehmen, Reichtum und Armut. Die Menschen lebten noch als Menschen ... was da aus dem Weltall auf sie heranraste, sahen bis jetzt nur ein paar Wissenschaftler.

Ohnmächtig saßen sie vor ihren Berechnungen. Gegen diesen Welttod aus dem All gab es kein Mittel mehr, kein Ausweichen, kein Weglaufen, kein Verkriechen.

Am 5. Januar gab es keine Erde mehr — — —

In dieser Nacht gelang es aber Herp Masters, in den inneren Bereich von Mount Hillary einzudringen und das Zimmer ausfindig zu machen, in dem Mortonson schlief, wenn er über Nacht im Observatorium blieb. Es war ganz einfach ... Herp Masters in einem Monteuranzug wurde, da er im inneren Bereich war, als Arbeiter angesehen, der hierher gehörte. Schon der erste, dem er begegnete, ein Assistent, erklärte ihm, wo er Prof. Mortonson finden könne.

Masters Arbeit war von nun an nur noch Routine. Er erfuhr, daß Mortonson noch im Computerraum war, ging mit offener Werkzeugtasche die Gänge entlang bis zu Mortonsons Schlafzimmer, trat ein und begann in aller Ruhe, die Papiere zu sichten, die auf dem Schreibtisch lagen.

»Das hat man nun davon, daß man in Mathematik 'ne Fünf hatte!« knurrte Herp, als er die vielen Formeln sah und hilflos davor saß. Für ihn waren das Zahlen und Zeichen, unverständlicher als Hieroglyphen, denn da waren wenigstens noch Tiere zu erkennen.

Herp Masters fluchte, suchte weiter in den Papieren, wühlte in den Schubladen und fand einige private Aufzeichnungen, die aber auch nur Zahlenkolonnen waren. Erst nach langem Herumkramen fand er ein in Plastik gebundenes Heft, so etwas wie ein Tagebuch.

Wovon hat ein Astronomieprofessor privat zu berichten? Natürlich von den Sternen im allgemeinen, und von dem Komet ›Kohatek‹ im besonderen. Masters wollte das Heft schon wieder weglegen. »Immer der blöde Komet!« sagte er dabei, als er eine Zeile auffing, die ihn festnagelte. Mortonson hatte da geschrieben:

»Was soll ich tun? Wie kann ich das auf meinem Gewissen tragen? Habe ich die Nerven dazu, bis zum 5. Januar zu warten? Ich glaube nicht. Ich habe Angst und werde mir vorher das Leben nehmen, ehe mich der Stern erwischt.«

Masters las das noch einmal, dann begann er zu begreifen, was er nicht begreifen wollte, was er nicht begreifen konnte, weil es einfach unbegreiflich schien.

Der Komet Kohatek ... am 5. Januar ... Ein Hirngespinst Mortonsons — oder die grauenvolle Wahrheit?!

Herp Masters spürte, wie es ihn eiskalt durchrann.

Mortonsons Besuch im Weißen Haus bei Garrison. Der aufgeregte Messanger, der die Treppe herunterrannte. Mortonsons völlige Aufgelöstheit. Sah das alles nur nach Hirngespinsten aus? Nein! Das war eine Tatsache, von der bisher nur Garrison und Messanger etwas wußten ... und jetzt er, Herp Masters: Das Datum des Weltunterganges war präzise errechnet worden!

Herp holte seine Minikamera aus der Tasche und fotografierte diese Tagebuchsätze und alle erreichbaren Notizen und Berechnungen. Dann packte er alles in die Schubladen zurück und verließ wieder — als harmloser Monteur — das Zimmer, das Haus und das Forschungszentrum Mount Hillary.

Wie ein Irrer raste er zum Motel zurück, nahm sich aus der Bar eine Flasche Whisky mit aufs Zimmer und beruhigte sich erst einmal mit drei langen Schlucken direkt aus der Flasche.

Um drei Uhr morgens Washingtoner Zeit hatte Präsident Garrison über das berühmte Direkttelefon Verbindung mit Andrej Voroucov in Moskau. Die beiden Dolmetscher, auf beiden Seiten noch einmal besonders vereidigt, übersetzten das kurze Gespräch mit bebender Stimme.

»Ich habe Ihnen etwas mitzuteilen, was die ganze Welt betrifft«, sagte Garrison.

Und Voroucov antwortete sofort: »Ich weiß es bereits, Herr Präsident. Wir tagen seit Stunden. Ich wollte Sie am Morgen auch anrufen. Unsere Wissenschaftler bestätigen, daß der Komet Kohatek auf die Erde fällt.«

»Wer weiß das noch?«

»Ein Professor Gustafsen in Schweden und vermutlich der Deutsche Dr. Peter Pohle. Und natürlich Ihr Professor Mortonson. Dazu bei mir — und sicher auch bei Ihnen — ein kleiner ausgewählter Kreis.«

»Und haben Sie eine Vorstellung, was wir bis zum 5. Januar unternehmen können?«

»Nein! Noch nicht.« Voroucovs Stimme klang müde. »Wir überlegen, ob wir diesen Kometen nicht mit Atomraketen zerstören können.«

»Einen Klotz von 100 000 Kilometern Durchmesser? Das ist achtmal soviel wie der Erddurchmesser.«

»Wissen Sie einen Rat?«

»Nein!« sagte Garrison ehrlich. »Aber wir haben nicht mehr viel Zeit. Unsere einzige Rettung liegt jetzt bei den Wissenschaftlern. Ich schlage vor, daß wir zunächst darüber schweigen.«

»Und Schweden? Und Deutschland?«

»Ich werde sofort mit den Regierungschefs sprechen. Eines muß auf jeden Fall vermieden werden: eine weltweite Panik . . . das vollkommene Chaos . . .«

Das am 5. Januar kommt, dachte Garrison, als er auflegte. Aber das nicht kommen darf! Es ist doch unmöglich, daß die Welt untergeht. So einfach, so schnell, so total: Ein Stern fällt vom Himmel und vernichtet die Erde. Das ist unbegreiflich . . .

In dieser Nacht holte man auch den deutschen Bundeskanzler in Bonn aus dem Bett. »Unmöglich!« sagte er ruhig, als Washington ihm die Lage erklärte. »Völlig unmöglich! Nicht auszudenken, was passiert, wenn die Menschen das erfahren! Es muß mit allen Mitteln verhindert werden, daß das bekannt wird.«

»Es wird nicht bekannt werden«, sagte der Sprecher in Washington zuversichtlich. »Kein Uneingeweihter wird es erfahren . . .«

Fast zur gleichen Zeit hatte Herp Masters die Redaktion am Telefon und brüllte in den Apparat.

»Alle Maschinen anhalten. Die Titelseite raus und eine neue Form! Wer ist da? Jimmy Black? Her mit ihm! Ja, Jimmy? Hör zu. Halte alles an. Ich habe die größte Story, die es auf der Welt nur geben kann!«

»Wer ist tot? « fragte Jimmy Black, der stellvertretende Chefredakteur müde. Zehn Stunden Konferenz waren vorbei; jetzt erholte er sich beim Bier.

»Tot? Einer? 2,5 Milliarden sind tot . . . du, ich, alle . . . an einem einzigen Tag! Ich diktiere, Jimmy . . .«

»Versoffenes Luder!« sagte Black und warf den Hörer auf die Gabel. Und zu seiner Sekretärin sagte er: »Wenn Herpi noch mal anruft, wimmle ihn ab!«

Erst am nächsten Morgen um zehn, als der Chefredakteur anwesend war, gelang es dem vor Wut heulenden Masters durchzukommen. Man hörte ihn ruhig an, unterbrach ihn nicht und sagte auch nichts, als Masters erschöpft schwieg.

»Das ist'n Ding, was?« sagte er keuchend.

»Allerdings!« Die Stimme des Chefredakteurs klang etwas belegt. »Komm rüber, Herpi, sofort! Und kein Wort zu anderen davon! Ende.«

Dann legte der Chefredakteur langsam den Hörer zurück und blickte über seine stummen, betretenen Redakteure. »Er begreift es anscheinend nicht —«, sagte er. »Herpi und wir halten jetzt das Chaos der ganzen Welt in den Händen! Wer auch nur eine Andeutung aus diesem Zimmer herausträgt, den bringe ich um!«

Es war eine leere Drohung ... am 5. Januar würde ja sowieso alles Leben aufhören ...

*

Herp Masters begriff es wirklich nicht.

Da hatte er die größte Story, die jemals ein Journalist aufgerissen hatte, in den Händen, nicht ein Tagesereignis, nicht eine sogenannte Jahrhundert-Story, sondern überhaupt das Sensationellste, solange die Welt bestand ... und in New York machte man den Laden dicht, spielte tote Fliege und ließ die Welt darüber im unklaren, daß sie am 5. Januar untergehen würde.

Herp Masters flog mit der nächsten Maschine nach New York, bereit, um diese Story, die ihn mit einem Schlage weltberühmt machen würde — wenn auch nur bis zum 5. Januar, wo ja alles zu Ende gehen sollte — mit allen Mitteln zu kämpfen.

Bevor er aber von Washington abflog, rief er in München an und hörte die schlaftrunkene Stimme von Lil Abbot. In München war es jetzt 2 Uhr morgens. Lil lag brav allein im Bett, als das Telefon sie aus dem Schlaf riß.

»Darling!« hörte sie ganz fern Herps Stimme. »Verzeihung, aber es ist dringend. Pack sofort deine Sachen und komm zurück in die Staaten! Sofort!«

»Bist du verrückt?« Lil Abbot war von Herp mancherlei gewöhnt — das übertraf aber alles bisher Dagewesene. »Mitten in der Nacht? Außerdem habe ich einen Einjahresvertrag. Warum so eilig?«

»Frag nicht — komm!« Herps Stimme war aufgeregt, das machte Lil nachdenklich. Bei jeder seiner verrückten Einfälle oder Launen war Herp immer Herr der Lage gewesen. Jetzt schien ihn etwas aus dem Gleichgewicht geboxt zu haben. »Nimm die erste Maschine nach New York, Darling! Pfeif auf den Vertrag. Er ist sowieso in Kürze ein Fetzen Papier ... ja, nicht einmal das mehr. Nicht mal Asche! Darling, frag nicht zuviel, jetzt nicht ... komm sofort!«

»Hast du Whisky getankt?« fragte Lil knapp. »Schlaf dich aus!«

»Dazu haben wir in Kürze Gelegenheit genug!« Masters Stimme überschlug sich. »Wir leben nur noch ein paar Wochen ... Tage nur noch, Lil ... die Welt geht unter! Ich weiß es, ich habe das genaue Datum ... Lil, hörst du mich ...?«

Lil Abbot hatte aufgelegt und sich im Bett auf die andere Seite gedreht. Sie war wütend. Um 2 Uhr nachts anzurufen mit solch einem besoffenen Kopf! Sie brauchte lange Zeit, um wieder einzuschlafen ... aber im Traum verfolgte Herp sie jetzt, und sie lief vor ihm weg, denn Herp hielt in der Hand die Weltkugel, und diese Kugel brannte lichterloh.

Ein dämlicher Traum, sagte sich Lil am Morgen, als sie sich noch dunkel daran erinnern konnte.

In Bonn und Paris, London und Rom, Moskau und Washington, Brüssel und Den Haag, Stockholm und Oslo saßen am nächsten Tag hinter verschlossenen Türen die Minister zusammen und berieten. Auf Wunsch von Garrison hatte man die Staaten, die man einweihen wollte, zunächst möglichst klein gehalten. Aber es war vorauszusehen, daß auch die anderen Astronomen das Abschwenken des Kometen Kohatek erkennen würden und dann weltweit — und unter größter Geheimhaltung — der Alarm gegeben wurde: Was ist zu tun? Soll man die Menschheit informieren?

Was geschehen würde, wenn man erklärte, daß die Erde am 5. Januar vernichtet werden würde, war abzusehen. Da hülfen keine Notstandsgesetze mehr, denn jede Bestrafung hörte ja am 5. Januar auf — da wäre keine Ordnung mehr zu halten, denn warum Ordnung, wenn in ein paar Tagen doch alles zugrunde ging? Im Augenblick der Erkenntnis, daß die Welt zerplatzt, gehörte die Welt allen Menschen. Es gäbe kein Eigentum mehr, keine Tageseinteilung, keine Arbeit, keinen Lohn, keine Produktion, keinen Handel, kein Vermögen, keine Armut . . . alles, was einmal ›Leben‹ war, dieses schillernde, aus Tausenden Facetten zusammengesetzte, so wichtig genommene, mit Liebe, Hingabe, Blut und Tränen verteidigte Etwas — alles wäre dann völlig sinnlos geworden.

Ein riesiger Stern würde vom Himmel fallen und alles zersprengen. Es gäbe keine Überlebenden mehr . . . aus dem Planeten Erde würde ein Haufen glühender Krümel werden, die im Weltraum herumschwirrten.

Darf man so was den Menschen sagen? Aber andererseits, darf man ihnen verschweigen, daß die Welt untergeht?

Das war die einzige Frage, die in allen Ministerberatungen zur Debatte stand. Es war eine rein rhetorische Frage, denn jeder, der um die runden oder ovalen Tische hinter den verschlossenen Türen saß, sträubte sich gegen die Vorstellung, in ein paar Tagen im Mittelpunkt eines grandiosen Himmelsschauspiels vernichtet zu werden.

Die Sternwarten und Forschungszentren rechneten und maßen, beobachteten und fütterten die Computer. Wie zu erwarten, waren die Ergebnisse verschieden. Während Mortonson und Sotow bei der veränderten Flugbahn des Kometen Kohatek blieben, bestritten andere Observatorien diese bedrohliche Lage. Jean Cobernet in Paris, ein Experte für Kometen, nannte Mortonson in einem Rundgespräch einen gefährlichen Idioten. Peter Pohle in St. Agatha kleidete es in höflichere Worte. »Die Kursabweichung besteht, aber sie ist so gering, daß der Komet bei ungünstigster Flugbahn immer noch 100 — 150 Millionen Kilometer von der Erde entfernt bleibt. Allerdings könnten dann — bei 175 Millionen Kilometer Differenz als jetzige Rechnungen — die Auswirkungen in magnetischer und elektronischer Sicht große Probleme für die Erde mit sich bringen.«

»Das ist deutlich genug«, sagte einer der Minister in Bonn. »Auch wenn der Kohatek vorbeizieht — so wie es jetzt aussieht, sind Katastrophen größten Ausmaßes zu erwarten.«

Nicht nur in Bonn, sondern überall auf der Welt beschloß man, an die umfassendsten Notmaßnahmen zu denken, die jemals erlassen worden waren.

Drei Tage lang — das Leben auf der Welt floß indessen so normal weiter wie bisher — besprachen sich die Regierungen in einer geheimen Sondersitzung der UNO miteinander. Prof. Mortonson erklärte seine Beobachtungen, Sotow aus Sibirien schickte seine Berechnungen, ein Berg anderer Papiere aus Hunderten Sternwarten ergänzte sie . . . es blieb eine Tatsache: Der Komet hatte seine Richtung geändert.

Die Erde war in Gefahr!

Was tun?

Beten?

Ein Chaos verhindern, wo doch in ein paar Tagen alles in einem Chaos enden würde?

Oder schweigen? Den fallenden Stern auf sich zukommen lassen und abwarten?

»Mortonson —«, sagte Garrison an diesem Tag, nachdem man in der UNO-Geheimsitzung zu dem Schluß gekommen war, alles, was an Notmaßnahmen möglich war, einzusetzen, »wenn Ihre Berechnungen nicht stimmen, wenn alle Berechnungen — — —«

Garrison unterbrach sich selbst. Er sah ein, daß alles nur auf eine fromme Lüge hinauslief. Soviel Irrtum in allen Computern gab es nicht.

»*Kann* der Komet noch an uns vorbeifliegen? « fragte er endlich leise. »Henry, könnte er das? Besteht eine winzige Chance? «

»Theoretisch ja.« Mortonson blickte an Garrison vorbei auf die amerikanische Fahne in der Ecke. »Aber . . .«

»Ich weiß. Die Flugbahn. Und wenn Kohatek sie wieder ändert, wie jetzt? «

»Sagen wir es klar, Herr Präsident«, sagte Mortonson leise, »uns bleibt nur noch der Glaube . . .«

*

Herp Masters raufte sich die Haare. Er hatte seinen großen Auftritt, aber der Chefredakteur reagierte nicht darauf. Er hatte Whisky kommen lassen, den Herp sowieso wie Wasser trank, und hatte versucht, zu erklären, warum man die »größte Story der Welt: Die Welt geht unter!« nicht bringen könne. Masters begriff es nicht.

»Sie wollen die Sache also totschweigen?« schrie er.

»Genau. Wollen Sie das vollkommene Chaos?«

»Wollen Sie die Menschheit belügen? Wollen Sie ihr nicht sagen, daß es zu Ende ist?«

»Später.«

»Am 6. Januar gibt es keine Redaktion mehr!«

»Aber am 4. Januar.« Der Chefredakteur behielt die Ruhe. »Wenn dann dieser Kohatek den halben Himmel mit seinem feurigen Schweif eingenommen hat, glaube ich auch daran, daß am nächsten Tag Schluß ist. Vorher nicht. Herpi, du Rindvieh . . . stell dir vor, wir bringen diesen Bericht! Ab 7 Uhr morgens gibt es auf der Welt die völlige Anarchie. Einschlagpunkt Mitteleuropa! Das bedeutet, daß eine Millionenflucht zur anderen Erdhälfte einsetzt. Auf den Straßen, in den Flughäfen, an den Schiffen werden sich die Menschen morden, nur um einen Meter weiterzukommen! Europa wird ein einziges Schreien sein! Herpi, willst du das?«

»Es ist meine Story«, sagte Masters schwer atmend. »Ich habe gelernt, daß ein Journalist die Wahrheit sagen muß, so unbequem sie auch ist.«

»Aber das ist keine Wahrheit mehr, Herpi«, schrie der Chefredakteur, »das ist das Ende aller Ordnung!«

»Ist das meine Schuld? Bin ich Kohatek?«

»Ja! Wenn dieser Bericht erscheint, bist du genauso vernichtend wie der Komet!« Der Chefredakteur sah Herp Masters lange an. »Ich habe sofort mit Washington telefoniert und gesagt, daß wir informiert sind. Die sind vom Stuhl gefallen. Und ich habe ihnen versprechen müssen, im Interesse der ganzen Menschheit den Mund zu halten.«

»Sie haben das versprochen, nicht ich! Ich lasse mir die Story nicht in den Panzerschrank legen!« Masters hieb mit den Fäusten auf den Tisch. »Wenn nicht Sie, dann gibt es noch andere Zeitungen!«

»Es gibt für dich keine andere Zeitung mehr, Herpi«, sagte der Chefredakteur ruhig. »Draußen vor der Tür stehen zwei Freunde vom FBI. Du wirst in Sicherungshaft genommen . . .«

Herp Masters blickte um sich. An der Tür zum Sekretariat lehnte Jimmy Black, hinter der Tür zum Flur standen die Kerle vom FBI . . . der einzige verbleibende Fluchtweg war das Fenster. Es führte zu einem Innenhof. Direkt unter dem Fenster, nur mit einem Meter Tiefe Unterschied, wölbte sich das Glasdach der Setzerei.

»Herpi«, sagte der Chefredakteur gerade. »Mach keinen Quatsch! Am 4. Januar abends kommst du aus der FBI-Haft wieder raus, um am 5. als freier Mann den Weltuntergang mitzuerleben. Sieh doch ein, daß das notwendig ist . . . wir sind doch alle dran, wenn es so weit kommt.«

»Ohne mich!« sagte Herp laut. Aus dem Stand sprang er vor, warf sich in das Fenster mit vor dem Gesicht gekreuzten Armen, fiel auf das Glasdach, durchbrach es, stürzte ziemlich weich auf einen Rollkarren mit Papierabfällen, rappelte sich hoch und jagte, ehe man begriff, was geschehen war, über den Hof und ins Freie.

Der Hausalarm kam genau zwölf Sekunden zu spät.

*

Herp Masters lief nur ein paar Straßen weit, verschwand dann in einem riesigen Supermarkt und schlenderte, die Hände in den Hosentaschen, wie ein gelangweilter Käufer durch die Gänge, setzte sich auf der zweiten Etage in das Restaurant und bestellte ein Bier, ein paar Hamburger und einen Topf mit Senf. Da in diesem Supermarkt viele Deutsche kauften, war das die beste Tarnung. Er blieb zwei Stunden sitzen, rauchte, trank noch einen Fruchtcocktail und überlegte, wie die Sache nun weitergehen sollte.

In seine Wohnung konnte er nicht mehr zurück, da warteten schon die Leute vom FBI, obwohl sie ahnen konnten, daß er dort nicht aufkreuzen würde. Für vollkommen blöd sollte man ihn nicht halten. Ferner rechnete er sich aus, was weiter geschehen würde: Sperrung seines Bankkontos, Überwachung aller Flugplätze und Bahnstationen, Häfen und sonstiger Verkehrsmittel, alles natürlich sehr diskret, denn es lag ja allen daran, aus dem Fall Herp Masters nicht die große Weltnummer zu machen. Es war auch sicher, daß jetzt alle Redaktionen vor ihm gewarnt wurden und sämtliche FBI-Stellen in ganz USA einen Sonderalarm erhalten hatten. Auf der Liste der gefährlichsten und meistgesuchten Personen Amerikas war Herp Masters jetzt die Nr. 1. Nicht mehr ein Gangsterboß oder Atomspion, sondern er, der Mann, der sagen konnte, wann diese Welt zusammenbrach. Das war ein verdammt kitzliges Gefühl. Masters empfand es deutlich. Es kroch in seinem Nacken hoch und breitete sich unter seinen Kopfhaaren wie eine Gänsehaut aus.

Die ganze Welt jagt einen einzigen Mann . . . und das in aller Stille.

Denn daß in diesen Augenblicken vom FBI aus seine

Personenbeschreibung und seine Gefährlichkeit an alle Polizeipräsidenten aller Länder gefunkt wurde, war Herp Masters klar. Wo immer er auftauchen würde, um seine Story zu verkaufen, wußte man Bescheid und ließ ihn festnehmen. Ob in Japan oder Ober-Volta, in Grönland oder Feuerland ... dieses eine Mal war sich die ganze Welt einig: Jagt diesen Herp Masters! Er hat es in der Hand, die Erde in eine Hölle zu verwandeln!

Bis zur Dunkelheit blieb Masters in dem sicheren Supermarkt. Nirgendwo ist man unerkannter als unter einer Masse Menschen. Hier ist jeder anonym und nur mit sich selbst beschäftigt. Herp besuchte die vier Restaurants des Supermarktes, damit es nicht auffiel, daß ein Mann sich so lange an einem Tisch aufhält, wo ein Supermarkt doch dazu da ist, Zeit zu sparen und schnell einzukaufen. Aber vier Restaurants mal zwei Stunden, das sind acht Stunden Zeit, die Masters gewonnen hatte, ein Vorsprung vor dem FBI, den dieses nie aufholen konnte.

Als der Supermarkt schloß, bummelte Masters zur nächsten Post, meldete ein Gespräch nach München an und störte Lil Abbot gerade beim Mittagessen in der Kantine. Bevor sie ihn wegen des letzten Anrufes beschimpfen konnte, sagte er schnell: »Lil, komm nicht! Warum, das erkläre ich dir später! Bleib in München. In drei Tagen rufe ich wieder an. Dann sieht alles anders aus. Man will mich hier fertigmachen, aber sie schaffen es nicht! Lil, wenn ich sage: Komm jetzt rüber ... dann komm sofort! Uns bleiben nur noch ein paar Tage ... «

Er hatte sehr schnell gesprochen, die Worte jagten aus ihm heraus wie aus einem Maschinengewehr ... dann legte er sofort auf, bezahlte die Gebühr und tauchte in der Masse der Menschen auf der Straße unter.

Das war zwanzig Minuten, bevor das FBI bei der Durchleuchtung von Masters Leben auf den Namen Lil Abbot stieß. Man hatte endlich seine Wohnung aufgebrochen und durchsucht und war auf Lils Briefe aufmerksam geworden. Nach einem Blitzgespräch mit München wurde Lil Abbot aus dem Büro geholt und im Münchner Hauptquartier des CIA verhört.

»Ich habe von Herp nichts mehr gehört«, sagte sie geistesgegenwärtig. »Ich habe immer geschrieben, aber der Kerl antwortet nicht. Die ist gut in Old Germany, denkt er sicherlich, weit genug weg, um nichts zu sehen. Kennen Sie Herp? Nein?! Ihr Fehler . . . sonst hätten Sie mich nicht nach ihm gefragt. Ein Windhund ist eine Schnecke gegen ihn . . .«

Der CIA stellte ihr noch mehrere Fangfragen, aber so dumm war Lil nicht, auch wenn sie wie ein Püppchen aussah. Sie überstand die Prüfung glänzend und wurde entlassen.

Was ist los mit Herp, dachte sie, als sie zu ihrer kleinen Wohnung in Unterhaching fuhr. Was hat er angestellt, daß sich das FBI und sogar der CIA für mich interessieren. CIA — das ist etwas Militärisches! Das riecht verdammt nach Spionage. Mein Gott, ist Herp denn verrückt geworden? Wie kann er sich mit dem CIA anlegen! Was hat er vorhin am Telefon gesagt? Sie wollen mich fertigmachen . . . Warum wollen sie das?

Lil saß an diesem Abend in ihrer kleinen Wohnung und zögerte. Sollte sie Herp anrufen? Wenn sie ihn jagten, war er nicht in seiner Wohnung, das war klar, aber keiner hatte ihr gesagt, was mit Herp los war. Was macht ein dummes verliebtes Mädchen in einem solchen Fall? Sie ruft an. Für Lil war es das beste Alibi für ihre Unbefangenheit.

Sie nickte zu diesen logischen Gedanken, meldete New York an und wartete. Der Ruf ging hinaus, aber keiner nahm in Herps Wohnung den Hörer ab. Lil wartete, bis das Besetztzeichen erklang, und legte dann auf.

Jetzt sind sie alle zufrieden, dachte sie fast fröhlich. Diesen Anruf von mir haben sie erwartet. Jetzt gerate ich aus ihrem Verdächtigungsziel. Wie wirksam sind doch solche logischen Tricks...

Aber damit war erst der nächstliegende Teil erledigt. Was blieb, war die Frage: Sollte sie abwarten, bis Herp wieder anrief, wie er versprochen hatte? Oder würde er nicht anrufen? Er mußte doch auch wissen, daß sich das FBI an mich wenden und mich dann überwachen würde.

Komm nicht, hatte er gesagt, so schnell, so hastig gesprochen, als habe er das Telefon beim Rennen in der Hand. Komm nicht...

Lil Abbot war nicht nur ein hübsches Mädchen, sie war auch ein mutiges Mädchen, was selten zusammentrifft.

Für sie war es klar, daß sie so schnell wie möglich nach New York mußte. Aber zwischen München und New York liegt eine halbe Welt, und wenn auch niemand unten auf der Straße stand und unauffällig das Haus beobachtete, so wußte Lil doch, daß sie in den nächsten Tagen keinen Schritt ohne heimlichen Wächter würde tun können.

Sie trat im dunklen Zimmer ans Fenster und blickte auf die Straße. Nächtliche Einsamkeit. Das Licht einer Bogenlampe. Regennasses Pflaster.

Es geht nur während der Arbeitszeit, dachte Lil. In dem Bürohaus gibt es neun Ausgänge und vier Kellertüren in Tiefgaragen. Morgen ist Mittwoch. Da fährt Mr. Pudcock, der Leiter der Abteilung A III, genau um 10

Uhr vormittags zum Flughafen München-Riem, um sich mit dem technischen Direktor zu unterhalten. Jeden Mittwoch. Das ist schon ein Ritus geworden wie in Japan das Teetrinken. In Wahrheit ging es um einen Großauftrag zur Elektrifizierung neuer geplanter Startbahnen. Mr. Pudcock verfolgte die Idee, daß steter Tropfen den Stein höhlt. Morgen allerdings sollte Mr. Pudcock ungewollt seinem Staat einen Bärendienst erweisen.

*

Fünf Minuten vor zehn fuhr Lil mit dem Fahrstuhl in die Tiefgarage, Deck I, fand Mr. Pudcocks Wagen, einen Lincoln Continental, legte sich in den gewaltigen Kofferraum und wartete. Punkt zehn klappte die Fahrertür, der Motor wurde angelassen, und Lil schaukelte sanft, auf weichen Federn, hinaus zum Flugplatz Riem.

Es klappte alles vorzüglich. Eine Mittagsmaschine flog nach Paris. Von Paris konnte man weiter nach London. Dort übernachtete Lil und flog am nächsten Morgen nach Montreal in Kanada. Von Kanada nahm sie einen Zug nach Detroit, von Detroit fuhr sie nach New York wieder mit der Eisenbahn.

So kam sie nach New York, während das FBI jedes Flugzeug kontrollierte, das in den USA landete, und sogar jedes in Richtung Amerika fahrende Schiff unter Einschaltung der gegenseitigen internationalen Amtshilfe durchsuchen ließ.

Drei Tage hatte diese Flucht in die Heimat gedauert ... nun stand Lil im Gewühl des New Yorker Zentralbahnhofs und fragte sich, was sie hier wollte. Herp sprechen? Herp suchen? Wo und wie? War er überhaupt noch in New York?

Sie mietete sich unter dem Namen Hadhock in ein kleines Hotel ein und schlief erst einmal zwölf Stunden wie eine Tote. Dann trank sie drei Tassen starken Kaffee und fand dabei die einzige, die rettende Idee.

Es gab etwas, was nur Herp und sie kannten, und wenn Herp es las, wußte er, daß Lil in New York war.

Am nächsten Morgen stand in der ›New York Times‹ folgendes Inserat: WER KANN MIR DIE NOTEN ZU DEM LIED BESORGEN: »ES WÄCHST EIN BAUM IN ALABAMA«? ANGEBOTE AN MRS. HADHOCK, AGENTUR DIESER ZEITUNG.

Es wächst ein Baum in Alabama ... genauso war der Text. Ein Gedicht, das Herp einmal geschrieben hatte, vor langer Zeit, und das nie erschienen war, weil er es selbst für zu blöd hielt. Keiner kannte es, nur Herp und sie, Lil. Es gab keine bessere Nachricht als die vom dummen Baum in Alabama ...

Dann wartete Lil. Meldete sich Herp? Las er die Anzeige? Warum jagte man ihn? Nirgendwo stand etwas über Herp Masters, in keiner Zeitungsausgabe, auch in den früheren Nummern nicht, die Lil im Lesesaal der ›New York Times‹ durchblätterte. Es war, als sei Herp Masters ein Phantom geworden.

*

Die Sonderkommission der UNO und die Minister und Staatschefs berieten noch immer. Es waren nun fünf Tage vergangen, seit aus New York die kaum glaubliche Nachricht gekommen war, daß am 5. Januar nächsten Jahres die Welt untergehen sollte. Den Kometen Kohatek konnte man jetzt deutlich durch die großen Fernrohre sehen, an die sich die Staatschefs in den Sternwarten stellten. Vorerst nur ein heller Punkt im Weltall, aber schon so greifbar nah, daß jeder die Gefahr verstand. Ein Komet, der mit 50 km Geschwindigkeit in der Sekunde heranrast, einen Durchmesser von 100 000 Kilometern hat und einen Feuerschweif von 60 Millionen Kilometern hinter sich herzieht, muß den Tod der Erde bedeuten.

Überhaupt diese Zahlen . . . kann man sich einen feurigen Schweif von 60 Millionen Kilometern überhaupt vorstellen? Ist es überhaupt vorstellbar, daß in Kürze eine Feuerlohe von Horizont zu Horizont das ganze Himmelsgewölbe überspannt, ein Himmel aus wabernden Flammen?

Was wird dann der Mensch tun im Angesicht seines Unterganges? Wird er wahnsinnig werden, sich selbst töten, oder nur niederknien und beten? In Bonn lagen die genauen Berichte aus den Forschungszentren St. Agatha und Bochum vor. Der deutsche Bundeskanzler Borck las die wenigen Seiten mit einer fast ergreifenden Ruhe:

Die Zusammensetzung des Kometenschweifes und des Kometenkopfes besteht aus sehr hohen Anteilen an Ammoniak, Methan, Cyan, Kohlendioxyd, Kohlenoxyd und Anteilen von Schwermetallen. Die kompakte Masse des Kometen beträgt eintausend Milliarden Tonnen, der Durchmesser des Kometenkerns ca. 1500 Kilometer. Der Kollisionstermin mit der Erde ist berechnet auf den 5. Januar, die Position des Einschlages auf der Erdoberfläche kann mit einer Abweichung von plus-minus 500 km genau bezeichnet werden: Der Punkt liegt im Bereich von Zentraleuropa.

Die Folgen eines solchen Aufschlages: Durchschlagen des Erdkörpers bis auf den zähflüssigen, magmatischen

Bereich und Freilegen der Magma zum Ausbruch an die Erdoberfläche. Der Aufschlag im Wasserbereich des Erdmantels ergibt eine gigantische Flutwelle mit mehreren hundert Metern Höhe, die den europäischen Kontinent überfluten wird und in ihren Ausläufern weltweit verheerende Folgen haben wird. Der Bundeskanzler Borck legte den Bericht weg . . . er griff nach einer Zigarette, um sie mit tiefen Zügen zu rauchen.

Übersteigt das nicht das menschliche Vorstellungsvermögen? dachte er. Wie winzig und erbärmlich ist doch alles, was Menschen tun können.

In New York las Garrison in dem abschließenden Bericht von Prof. Mortonson. Henry schrieb: »Die vom Kometenkern in der Koma und im Schweif mittransportierten hohen Konzentrationen an Methan, Cyan, Kohlenoxyd und Kohlendioxyd nebst den Wasserstoffanteilen ergeben knallgasartige Esplosions- und atmosphärische Verbrennungsphänomene, die zumindest eine Erdhälfte in eine völlig zerstörte Zone verwandeln. Die gesamte Lufttemperatur wird auf 190 Grad steigen, wodurch alles Leben unmöglich wird . . .«

»Und das will dieser Herp Masters den Menschen erzählen? « sagte Garrison. Er wischte sich mit der bloßen Hand den Schweiß von der Stirn. »Meine Herren, das darf *nie* geschehen! Sie müssen diesen Herp Masters finden!«

»Und die Realität? « fragte Messanger. »Was machen wir bis zum 5. Januar? Soll die Welt wirklich untergehen? «

»Ich erwarte jeden Moment Vorschläge von der Weltraumbehörde. Auch Moskau will sich melden. Es gibt da einen Plan: Durch interkontinentale Raketen mit Wasserstoffbombensystemen den Kometen zur Explosion bringen, sobald wir ihn erreichen können. Ob es gelingt . . . ? «

Garrison hob die Schultern. Er blickte aus dem Fenster zum Himmel und stellte sich vor, daß dieser bald nichts anderes sein würde als eine einzige feurige Woge. Das war so ungeheuerlich, daß er ergriffen die Augen schloß.

*

Herp Masters war unterdessen unterwegs, seine Story, die größte, die je ein Journalist auf der Pfanne hatte, zu verkaufen.

Er hatte sich äußerlich verändert. Wer sich sechs Tage nicht rasiert und dann noch eine Brille trägt, sieht so verändert aus, daß die eigene Frau ›Sie‹ zu einem sagt. Herp erkannte sich kaum selbst im Spiegel und war sehr zufrieden mit sich.

In Idaho kannte er einen alten Zeitungsverleger, der ein winziges Blättchen herausbrachte. Eine Kleinstadtzeitung, bei der Herp als junger Volontär begonnen hatte. Seit 145 Jahren war die Zeitung in Familienbesitz, und seit 145 Jahren litt sie an Geldmangel.

Das ist mein Sprachrohr, dachte Herp. Von Idaho, von dem Städtchen Cookooville aus, wird die größte Story der Menschheit über den Erdball gehen.

*

Mr. Josoah Burns, 75 Jahre alt und seit er denken konnte in Geldnöten, was eine Familientradition war, ebenso wie der Besitz der ›Cookooville-Post‹, die seit 145 Jahren nur Ärger eingebracht hatte, aber die man trotzdem nicht eingehen ließ, aus reiner Sturheit heraus, sah Herp

Masters mit verkniffenem Gesicht entgegen. Das heißt, zuerst erkannte er in dem bartstoppeligen Strolch seinen ehemaligen Volontär nicht und glaubte, ein Gammler sei gekommen, um einen Artikel über den seelischen Frieden durch LSD bei ihm unterzubringen. Aber als Herp sagte: »Na, Mr. Burns, noch immer ein Loch in der Tasche?«, wußte er, wen er vor sich hatte.

»Herp, du bist verrückt!« sagte der alte Burns. »Sie suchen dich im ganzen Land, in der ganzen Welt! Überallhin haben sie dein Bild gefunkt, sogar zu mir.« Er griff in den Wust Papier auf seinem Schreibtisch und zog ein Funkfoto hervor, das ihm die Polizei gebracht hatte. Ein schlechtes Bild, aber Herp Masters war danach trotzdem zu identifizieren. Es stammte aus dem Personalbogen der Zeitung, für die Herp arbeitete. Masters warf das Foto auf den Tisch zurück.

»So, wie ich jetzt aussehe, erkennt mich niemand. Mr. Burns, ich weiß, Sie sind der einzige, der mich nicht verraten wird.«

»Und was wollen Sie in Cookooville? Bleiben Sie mir nur vom Leib mit Ihren Problemen! Ich weiß nicht, was Sie ausgefressen haben, Herp, die Polizei, keiner weiß es . . . es heißt nur, daß Sie die Nr. 1 der gesuchten Personen geworden sind und daß man Sie tot oder lebendig . . . Ohne Kommentar! Herp, was haben Sie gedreht?«

Burns siezte Masters jetzt, ein Beweis, daß er eine Schranke zwischen sich und seinem ehemaligen Lehrling aufbauen wollte.

»Ich habe die größte Story aller Zeiten in der Tasche«, sagte Herp und setzte sich auf einen Hocker. »Eine größere hat es nie gegeben . . . und wird es auch nie mehr geben. Mr. Burns, ich überlasse sie Ihnen.«

Josoah Burns starrte Herp über seine Brillenränder hinweg an. »Wegen einer Story wird man nicht in der ganzen Welt gejagt, Herp.«

»Bei dieser hier lohnt es sich.« Masters beugte sich vor. »Mr. Burns, Sie sind doch ein gottgläubiger Mensch ... «

»Ich bin Prediger der ›I like God-Bewegung‹, das wissen Sie doch, Herp.«

»Ihr Gott wird am 5. Januar sichtbar. Mit einem Feuerschweif von 60 Millionen Kilometern Länge!«

»Herp, du hast getrunken!« sagte Mr. Burns milde. »Suchen Sie dich als gemeingefährlichen Verrückten? «

»Die Welt geht unter!« schrie Masters. »Ich habe die Beweise in der Hand. Hier!«

Er holte aus der Jackentasche die vergrößerten Fotos von Mortonsons Tagebuchnotizen und Berechnungen. Josoah Burns sah sie verständnislos an und schüttelte den Kopf.

»Das ist Mortonsons Schrift, Mr. Burns!« rief Herp. »Der große Mortonson auf dem Mount Hillary. Ich habe erlebt, wie er bei Messanger und Garrison war, und als alle wieder aus dem Zimmer kamen, waren sie bleich und verstört. Hier ist der Beweis: Am 5. Januar fällt der Komet Kohatek auf die Erde und zersprengt sie. Aber alle spielen tote Fliege! Plötzlich sind sich alle Regierungen einig: völliges Stillschweigen! Das Leben soll weitergehen, als bestände es nicht nur noch aus wenigen Tagen. Wir sollen ahnungslos vernichtet werden.«

»Das ist gut so«, sagte der alte Burns fast feierlich. Er las die Notizen Mortonsons, und man sah ihm an, daß er, wie alle, daran zweifelte. Ein Weltuntergang? Damit hätte man die Menschen vergangener Jahrhunderte schrecken können, aber nicht die Menschen dieser real denkenden Welt. Untergangsglaube, das war ein Vorrecht der Mystik. Es war vollkommen unmöglich, daß präzise am 5. Januar die Erde zerplatzte.

Mr. Burns legte die Papiere weg. »Sie sind wirklich gefährlich, Herp«, sagte er dann. »Man jagt Sie zu Recht. Wenn es Ihnen gelingt, diesen Wahnsinn zu publizieren, wird es immer eine große Zahl Verrückter geben, die ihn glauben. Die Auflösung aller Ordnung wäre die Folge. Millionen würden sich gegenseitig zerfleischen. Herp, man sollte Sie, wenn Sie nicht freiwillig bis zum 5. Januar schweigen, einfach erschießen!«

»Das sagen Sie, ein Prediger?« stotterte Masters.

»Was haben Sie eigentlich von mir erwartet?«

»Ich dachte, Sie drucken meine Story, Mr. Burns.«

»Ich?!«

»Mit einem Schlag wären Sie ein reicher Mann! 145 Jahre rote Zahlen verwandeln sich in ein Vermögen! Wenn Sie den Anfang machen, können die anderen nicht mehr schweigen. Die ganze Welt wird von Ihnen die Story kaufen!«

»Eher zerschlage ich eigenhändig meine Pressen und Setzkästen!«

»Ich gebe Ihnen die Story umsonst!« schrie Herp. »Ist das ein Angebot, Mr. Burns?!«

»Der Satan, der Christus in der Wüste versuchte, war ein Engelchen gegen Sie, Herp! Verlassen Sie sofort Cookooville! Ich tue Ihnen einen Gefallen, nur einen ... ich werde nicht erzählen, daß Sie bei mir waren.«

»Aber Sie wissen jetzt, was mit der Erde los ist, Mr. Burns. Können Sie noch ruhig schlafen?«

»Ja«, sagte der alte Josoah. »Ich kann. Und ich werde beten, wenn es soweit ist. Herp, was sollte Ihre grauenhafte Wahrheit nutzen?«

»Nutzen? Nichts! Aber ich wäre bis zum 5. Januar endlich der größte Journalist der Welt.«

»Und dafür, für diesen billigen Ruhm, wollen Sie die ganze Menschheit in totale Auflösung stürzen?«

»Nicht ich, der Komet Kohatek! Mr. Burns, wenn erst der riesige Flammenschweif deutlich am Himmel steht, wird man nicht mehr verschweigen können, was in ein paar Tagen passieren wird. Wenn am Ende des Jahres der Komet größer und heller als die Sonne wie ein riesiges Feuer über uns hängt, kann man der Menschheit nicht mehr sagen: Das ist harmlos, das geht vorbei ... denn dann verdorren bereits die Bäume, und das Eis des Nordpols beginnt zu schmelzen. Sollen wir untätig herumstehen?«

»Was bleibt uns, wenn alles stimmt, was hier steht, anderes übrig? Gott schickt endlich sein Strafgericht ...«

»Es ist zum Kotzen!« Masters sprang auf. »Sie wollen nicht, Mr. Burns?«

»Nicht für alles Geld der ganzen Welt.«

»Dann drucke ich es selbst und verteile Flugblätter. Ich klebe sie nachts an die Hauswände! Ich werde die Wahrheit loswerden!«

»Sie werden keinen Drucker finden, Herp.«

»Dann kaufe ich mir einen Handsetzkasten, so einen, womit Kinder Druckerei spielen. Das genügt!« Er steckte die Fotos von Mortonsons Papieren ein und wandte sich zur Tür. »Leben Sie wohl, Mr. Burns.«

»Sie nicht, Herp! Sie sollen an Ihrer Story ersticken. Noch eins ...« Burns suchte in dem Papiergewühl die ›New York Times‹. »Haben Sie nicht als junger Mann bei mir ein Lied geschrieben? In Alabama wächst ein Baum ... oder so ähnlich?«

Herp Masters blieb ruckartig stehen.

»Ja —«, sagte er gedehnt.

»Hier sucht einer die Noten dazu. Wußte gar nicht, daß der Mist vertont wurde.«

Masters riß Burns die Zeitung aus der Hand und las die Anzeige.

Lil, durchfuhr es ihn heiß. Lil ist in New York. Sie hat sich durchgeschlagen. Ein verdammt cleveres Mädchen ...

»Ja, es hat eine Melodie«, sagte er. »Soll ich sie Ihnen vorzwitschern?«

»Zwitschern Sie ab, Herp!« sagte Burns grob. »Und verkriechen Sie sich bloß! Ich bringe eine Sonderseite, rot umrandet, wenn man Sie fängt! Sie sind die größte Gefahr für die Menschheit! Verschwinden Sie!«

Herp Masters verließ Cookooville sofort und fuhr nach New York zurück. Aber er beging nicht den Fehler, sich bei der ›New York Times‹ zu melden oder auf die Annonce zu schreiben. Er rief die Anzeigenabteilung an, sagte, er habe die Noten zu »Es wächst ein Baum in Alabama«, und hinterließ die Telefonnummer eines Tanzpalastes. Bitte anrufen um Punkt 22 Uhr.

Die Bardame in ›Ronnies Tanzpalast‹ fragte nicht lange, als Herp, jetzt mit gestutztem Stoppelbart und mit Brille, an der Theke Platz nahm und sagte:

»Blondie, gleich kommt ein Anruf für mich. Ohne Namen ... Diskretion, ist das klar? So'n Ehering ist doch immer noch 'ne verdammte Handschelle. Also, gib mir den Hörer sofort rüber.«

Pünktlich um 22 Uhr klingelte das Telefon. Die Bardame schob den Apparat zu Herp und bediente dann weiter.

»Ja?« fragte Herp bloß.

»Alabama?« hörte er Lils helle Stimme.

»Der schöne Baum ...«

»Wo bist du?«

»Wo bist *du*?«

»In Hack's Hotel. Ein mieser Laden.«

»Kann ich hinkommen?«

»Wir treffen uns auf der Bowlingbahn von Buddy Bill.«

»Okay!«

»Ich trage eine schwarze Perücke und eine Brille in einem rosa Gestell.«

»Und ich habe einen Bart und eine schreckliche Nikkelbrille. Ich werde an Bahn III stehen.«

»Ich freue mich ja so! Ich hatte solche Angst.«

»Ende!« sagte Herp kurz und legte auf. Zu Gefühlsäußerungen hatte man noch immer Zeit. Die Hauptsache war: Lil war wieder in den USA. Wenn ganz Mitteleuropa vernichtet wurde und die Erde durch Zufall nicht auseinanderbrach, hatte man die Chance, zu überleben. Auf jeden Fall konnte man zusammen sterben, Arm in Arm.

In Herp Masters würgte es. Wie allen, die es jetzt bereits wußten, war es auch ihm unvorstellbar, wie man die Stunde des Weltuntergangs mit klarem Verstand erleben konnte. Vielleicht wurde man wahnsinnig ... zweieinhalb Milliarden Irre, die zu Pulver wurden ...

Eine Stunde später lehnte er an der Bowlingbahn Nr. III, sah den mit Eifer spielenden Männern und Frauen zu und malte sich aus, was geschehen würde, wenn er jetzt zu ihnen ginge und sagte: »Hört mal, Freunde ... am 5. Januar ist ...«

Sie würden ihn auslachen, einen Whisky spendieren oder ihm einen Tritt in den Hintern geben.

Und aus dem Weltall raste der Komet Kohatek heran, von allen Staaten der Erde mit völligem Stillschweigen bedacht. Größer und größer werdend ... in jeder Sekunde immer 50 Kilometer näher an die Erde heran ...

Von der Tür her kam Lil ... in einem einfachen, scheußlichen Kleid, mit langen schwarzen Haaren und einer unmöglichen Brille. Sie sah aus, als wäre sie in den Slums zu Hause.

»Lil —«, sagte er leise, als sie nben ihm stand. Keiner beachtete sie. »Was bin ich froh, daß du gekommen bist. Der einzige Lichtblick ...«

»Warum jagen sie dich?« flüsterte Lil. Sie küßte Herp schnell auf die Wange, eine schüchterne Zärtlichkeit. »In München war sogar der CIA bei mir. Was ist los?«

»Die Welt geht unter, Lil ... am 5. Januar ... das ist los.«

Sie sah ihn von der Seite an, hakte sich bei ihm unter und zog ihn von der Bahn III weg. »Komm mit ins Hotel«, sagte sie mit bebender Stimme. »Leg dich hin und ruh dich aus. Du bist ja ganz durcheinander.«

»Du glaubst mir auch nicht, Lil?«

»Später, Schatz, später.«

»Ich bin nicht verrückt! Ich weiß nur einige Tage früher, was man der Welt verschweigt und ihr dann zu spät mitteilen will!«

»Komm mit«, sagte Lil zärtlich. »Wir haben so viel Zeit, darüber zu reden. Ruh dich erst aus.«

Sie gingen hinaus und standen einen Augenblick auf der Erde. Über ihnen wölbte sich ein herrlich klarer, kalter Dezemberhimmel. Eine Straße weiter brauste der Verkehr, schillerten Lichtreklamen. Happy Christmas ..

Herp starrte in den Sternenhimmel. »Dort oben —«,

sagte er heiser. »Von dort oben kommt das Ende heran.«

Sie küßte ihn, lachte ihn etwas verzerrt an und zog ihn mit zu dem kleinen Wagen, den sie gemietet hatte.

*

In Hack's Hotel, einem wirklich miesen Laden, der aber den Vorteil hatte, daß keiner jemanden fragte, zumal die Zimmer hauptsächlich stundenweise vermietet wurden und im Laufe eines Tages bestimmt sechsmal den Bewohner wechselten, legte sich Herp Masters auf das Eisenbett und starrte mißmutig an die Decke. Lil kochte auf einem zweiflammigen Elektrokocher einen starken Kaffee und hielt ihm die Tasse an die Lippen, als sei er ein Schwerkranker, der nicht allein trinken könne.

»Lil«, sagte er, indem er ihr die Tasse aus der Hand nahm und vorsichtig die heiße Brühe schlürfte, »es muß etwas geschehen! Da lebt die ganze Menschheit ahnungslos dahin, macht Geschäfte, betrügt sich, rafft Geld zusammen, zeugt Kinder, entwickelt Pläne, jobbt wie verrückt für die Zukunft . . . und es gibt gar keine Zukunft mehr. Alles, was sie jetzt tut, ist sinnlos! Und keiner sagt es ihnen.«

»Warum willst du es ihnen sagen, Herp?«

Er starrte sie an, als verstände er sie nicht. »Mein Gott —«, sagte er endlich leise, »hast du keine Angst, Lil?«

Sie lachte ihn an. »Vor dem Weltuntergang am 5. Januar? Nein!«

»Es ist wahr, Lil!« schrie er.

»Um wieviel Uhr, Liebling? Was ist der 5. für ein Tag?«

»Ein Samstag –«

»Wie zutreffend. Das Ende einer Woche ist zugleich das Ende der Welt. Die Regie da oben im Himmel stimmt. Ich werde am Freitag noch einmal zum Friseur gehen –«

»Am Freitag werden wir halb oder ganz wahnsinnig herumsitzen und zu dem Feuerschweif hinaufstarren. 60 Millionen Kilometer lang ... Lil, grins mich nicht an! Ich schwöre es dir: Schon Weihnachten wirst du den Kometen mit dem bloßen Auge sehen können. Dann ist es zu spät.«

»Wozu zu spät?«

»Wir haben noch eine kleine Chance, Lil.«

»Bei 190 Grad Lufttemperatur, wie aus den Aufzeichnungen von Mortonson hervorgeht?«

»Davor kann man sich verkriechen. Es gibt einen Platz, der am wenigsten gefährdet ist.« Herp Masters stellte die Kaffeetasse weg. »Lil, hör mich an: Auch wenn es ein Chaos gibt, könnte man trotzdem einige Millionen Menschen überleben lassen ...«

*

Peter Pohle hatte seine Berechnungen abgeschlossen. Wie alle, die über die unabwendbare Katastrophe Bescheid wußten, hatte er den Eid abgelegt, so lange zu schweigen, bis die Regierungen bekanntgeben würden, daß die Menschheit und die Erde am Ende ihrer Existenz angelangt waren.

Aber er telefonierte mit Gustafsen und Cobernet in Paris. Cobernet war als einziger davon überzeugt, daß alles Blödsinn sei. Er hatte andere Werte ausgerechnet. Nach seinen Zahlen jagte der Komet Kohatek in 175 bis 200 Millionen Kilometern Entfernung an der Erde vorbei und verschwand für die nächsten 12 Millionen Jahre wieder im Weltraum.

»Was dann in 12 Millionen Jahren passiert, lieber Kollege«, sagte Cobernet sarkastisch, »tut mir nicht mehr weh, zumal ich nicht an eine Wiedergeburt glaube. Dieser 5. Januar wird uns zwar ein tolles Schauspiel bieten, aber ein Tag wie jeder andere sein. Nur für uns nicht, wir werden warme Hintern vor Begeisterung bekommen. Mortonson und Sotow müssen sich verrechnet haben.«

Gustafsen in der Sternwarte Akerström war weniger zuversichtlich. »Ich sage nichts«, meinte er zu Peter Pohle. »Der Komet hat gestern wieder einen Schwenker gemacht. Es ist makaber, aber es sieht aus, als hätten wir es mit einem besoffenen Stern zu tun. Kohatek läßt sich im Augenblick überhaupt nicht exakt berechnen ...«

»Ich weiß.« Peter Pohle dachte an seine junge Frau und die beiden Kinder, Zwillinge, sieben Jahre alt, blondgelockte Mädchen, Engelsköpfchen. »Es ist alles möglich.«

Am Abend, nach dem Essen — das Fernsehen hatte gerade die Tagesschau gebracht mit Meldungen, die für Pohle gegenüber dem, was er wußte, lächerlich banal klangen —, sagte er zu seiner Frau:

»Erika, ich habe heute beim Reisebüro für dich und die Kinder einen Flug nach Australien gebucht.«

Erika Pohle, die gerade das Geschirr abräumte, starrte ihren Mann ungläubig an. Ihr hübsches, rundes Gesicht mit den kupferbraunen Locken zeigte völlige Verständnislosigkeit.

»Was hast du eben gesagt, Peter?« fragte sie.

»Du fliegst am Freitag nach Australien ...«

»Bist du verrückt? Was soll ich in Australien?« Sie

stellte das Tablett mit dem Geschirr wieder ab. »Sag mal, was ist eigentlich los? Seit Tagen läufst du herum, als hättest du eine Gehirnerschütterung.«

Das war ein guter Vergleich. Erika Pohle, vor ihrer Ehe ausgebildete Krankenschwester, hatte einen Blick für so etwas. Peters trübe Augen, die wie abwesend blikken konnten, waren ihr schon seit Tagen aufgefallen.

»Fühlst du dich nicht wohl, Peter?« fragte sie besorgt.

»Mir geht es blendend, Erika.« Peter Pohle griff nach dem Glas Bier, aber als er es trinken wollte, zitterte seine Hand. »Australien ist ein schönes, großes Land ... «

»Peter, ich hole einen Arzt ... «

»Australien wird das sicherste Land auf der Erde sein.« Peter Pohle sah seine Frau aus gequälten Augen an. »Erika ... frag mich nicht. Bitte ... tu zum ersten Mal in deinem Leben etwas, ohne davon überzeugt zu sein, daß es Sinn hat. Flieg mit den Kindern am Freitag nach Australien. Ich habe für euch in Ost-Australien, in dem Ort Hamshire, ein kleines Haus gemietet.«

»In Hamshire ...« Erika starrte ihren Mann an. Angst lag in ihrem Blick, Angst, daß Peter plötzlich irre geworden sei. »Warum Hamshire? Wie kommst du an dieses Hamshire ...«

»Durch das Reisebüro. In Hamshire ist eine Schaffarm, die auch Zimmer vermietet. Ein Blitzgespräch, und ich hatte in der Nähe ein Haus für euch ... «

»Natürlich.« Erika lehnte sich an die Wand. Ihre Beine sanken ein, sie mußte sich stützen. »So einfach nach Australien, am Freitag ... so wie man in den Supermarkt einkaufen fährt. Peter—«

»Bitte, frag mich nicht!« schrie er gequält. »Wie soll ich dir alles erklären, ohne es zu erklären?! Flieg mit den Kindern nach Australien!«

»Und du?«

»Ich muß bleiben.«

»Dann bleibe ich auch.«

»Nein!« schrie Pohle auf. »Erika! Es gibt für euch nur noch Australien! Mein Gott, wie soll ich es bloß erklären?!«

Er sprang auf, rannte in der Wohnung herum und schlug die Fäuste gegeneinander. So sah er nicht, wie Erika am Telefon schnell eine Nummer drehte, ein paar Worte sprach und dann wieder auflegte.

»Gut«, sagte sie und hielt ihren Mann fest, als er wieder an ihr vorbeilief. »Wir fahren nach Australien. Zufrieden?« Sie gab ihm einen Kuß, doch ihre Lippen waren vor Entsetzen wie aus Eis.

Zehn Minuten später klingelte es an der Tür. Dr. Wendpfahl kam in die Wohnung und sah schon von der Diele aus, daß Peter Pohle im Wohnzimmer wie ein gefangenes Raubtier herumlief.

»Das haben wir gleich«, flüsterte er Erika zu, die plötzlich zu weinen anfing ... die Kraft, ruhig zu sein, hatte sie verlassen. »Eine typische Überarbeitung. Die Nerven beginnen, Revolution zu spielen. Ich werde ihm eine sedierende Injektion geben, und morgen sieht die Welt schon ganz anders aus ...«

Dr. Wendpfahl ahnte nicht, wie genau er damit den Nagel auf den Kopf traf. Am nächsten Morgen war der Komet Kohatek der Erde schon wieder 1 160 000 Kilometer näher.

Peter Pohle sah Dr. Wendpfahl mit einem Kopfschütteln entgegen. Erika hatte weinend die Tür hinter ihm geschlossen und ließ den Arzt mit ihrem Mann allein.

»Lassen Sie Ihre Tasche zu, Herr Wendpfahl«, sagte Pohle. »Ich bin nicht verrückt.«

»Das hat auch niemand behauptet.« Dr. Wendpfahl setzte sich auf die Couch. Pohle sieht miserabel aus, dachte er. Daß Sterngucken so anstrengend sein kann ... »Sie sollten ausspannen, Herr Pohle. Sich immer nur mit den Spiralnebeln oder was sonst im Weltall herumschlagen, das muß ja einmal an die Nerven gehen.« Er lehnte sich zurück. Pohle lief vor ihm auf und ab wie ein hungriger Tiger. »Warum ausgerechnet Australien?«

»Ich darf es Ihnen ebensowenig erklären wie Erika.« Pohle blieb mit einem Ruck stehen. »In vierzehn Tagen werden Sie es verstehen ... was sage ich ... in zehn Tagen! Es gibt da Gründe, Herr Wendpfahl, Gründe auf Leben oder Tod ... «

»Natürlich.« Dr. Wendpfahl öffnete seine Arzttasche, holte eine Spritze hervor, köpfte eine Ampulle und zog die Flüssigkeit in den Glaskolben. »Herr Pohle, vertrauen Sie mir, geben Sie mir Ihren Arm oder lassen Sie kurz die Hose runter. Sie werden ruhiger werden ... «

»Herr Wendpfahl.« Pohle riß die Spritze aus der Hand des verblüfften Arztes und warf sie hinter sich an die Wand. »Das mag jetzt alles verrückt aussehen und klingen ... «

»Allerdings —«

» ... aber es ist nur Verzweiflung. Ein Kampf gegen die Zeit. Erika und die Kinder *müssen* nach Australien. Freitag mag das letzte Flugzeug starten, das sie noch hinbringen kann. Herr Wendpfahl, helfen Sie mir, Erika und die Kinder wegzubringen.«

Pohle hob flehend beide Arme. Dr. Wendpfahl nickte, sichtlich erschüttert, erhob sich, nickte Pohle zu und verließ das Zimmer.

In der Diele wartete Erika auf ihn.

»Ich muß es Ihnen sagen, Erika«, sagte der Arzt stokkend. »Ihr Mann steckt in einer uns noch nicht faßbaren Psychose. Ich ... ich schlage eine Beobachtung in einer Spezialklinik vor. Hier kann ich nichts mehr tun.«

Gegen elf Uhr abends wurde der Wissenschaftler und Astronom Dr. Peter Pohle von zwei kräftigen Männern in weißen Kitteln zu einem Krankenwagen gebracht. Man mußte ihn tragen, denn er war an Händen und Beinen gefesselt, steckte in einer Art Zwangsjacke und schrie immerfort: »Erika! Flieg nach Australien! Nach Australien! Ich flehe dich an ... flieg Freitag nach Australien —«

Da er um sich trat, wurde er von den starken Männern gepackt und wie ein Paket in den Krankenwagen geworfen. Entsetzt starrten die Nachbarn dem sich schnell entfernenden Auto nach. Es war, als halle des Astronomen Schrei noch durch die kleine Straße: Nach Australien —

*

Es gibt einen einfachen, aber sehr wirksamen Trick, um aus einer Zwangsjacke wieder herauszukommen. Peter Pohle, der kein Profi darin war, gab die Not diesen Gedanken ein: Man spiele einen Erstickungs- und Herzanfall.

Die Fahrt zur Klinik dauert — das rechnete er schnell aus — eine halbe Stunde ... dreißig Minuten Zeit also, die letzte Möglichkeit, sich aus der völligen Isolierung zu befreien. Denn eines war Pohle klar: Saß er erst einmal in einem der Zimmer, die man nur von außen öffnen konnte, gab es keinen Weg mehr ins Freie.

So fiel er plötzlich in sich zusammen, rang nach Atem, riß den Mund weit auf, stöhnte schrecklich und zuckte mit den gefesselten Armen und Beinen. Die unsagbare Not, die in ihm war, kam ihm zu Hilfe und ließ sogar Schaum vor seinen Mund treten. »Anhalten, rechts ran!« sagte einer der Krankenpfleger. »Sauerstoff her, Verdammt, er kollabiert! Anhalten!«

Der Wagen war kein Krankenwagen üblicher Art, sondern ein einfacher, umgebauter VW-Bus, mit dem man sonst harmlose Patienten hinaus zu den Klinikgärtnereien brachte, wo sie leichte Arbeit taten, Blumenstecklinge pikierten, Salate und Gemüse pflegten und bei der Kartoffelernte halfen. Für alle Fälle hing eine Sauerstoffflasche an einem Haken an der Wagenwand mit einem einfachen Atmungstrichter aus Plexiglas.

Man hatte sie bisher nie gebraucht. Nervenkranke zu transportieren, ist eine andere Sache, als schwerkranke, akute Fälle in die Klinik zu bringen. Was brauchte man da eine Notarzteinrichtung? Jetzt aber zeigte sich, daß es doch zu dramatischen Zwischenfällen kommen konnte. Die beiden Pfleger starrten den nach Atem ringenden Peter Pohle an, der Fahrer stoppte am Straßenrand und drehte sich um.

»Kratzt er ab?« fragte er. Der Ton gegenüber Geisteskranken ist nie der beste.

»Mensch, halt's Maul!« schrie der eine Pfleger. Er nestelte die Sauerstoffflasche los, während der andere die Zwangsjacke löste und Pohles Hände und Beine aus den Schlingen befreite. Dann riß er ihm das Hemd über der Brust auf und begann, den Brustkorb zu massieren.

Peter Pohle röchelte weiter, aber unter den fast geschlossenen Lidern hervor beobachtete er seine Wärter. Als sich beide um den klemmenden Verschluß der Sauerstoffflasche bemühten — sie war bisher nie auf ihre Einsatzfähigkeit geprüft worden — und der Fahrer sich eine Zigarette ansteckte, wagte Pohle das Äußerste: Er schnellte hoch, faßte die beiden ebenso verblüfften wie gelähmten Wärter, schlug ihre Köpfe gegeneinander, riß die Tür auf und sprang aus dem Wagen.

Ehe der Fahrer schreien konnte: »Festhalten! Festhalten!«, war er bereits auf der Straße, warf die geöffnete Zwangsjacke ab und lief ein paar Meter bis zu einer Kaufhalle, wo er im Gewühl der Menschen untertauchte. Wie Herp Masters erkannte er, daß man unter der Masse Mensch am sichersten ist, lief ohne Hast zu dem sich gerade öffnenden Fahrstuhl, fuhr in die zweite Etage, von dort mit der Rolltreppe zur anderen Seite wieder hinunter und verließ durch den hinteren Ausgang die Kaufhalle. Er sah noch, hinter einer der mit Tannengrün und bunten Weihnachtskugeln geschmückten Säulen stehend, wie der Fahrer und die zwei Wärter aufgeregt mit einem der Abteilungsleiter sprachen. Anscheinend verlangten sie einen Alarm und die Schließung aller Ausgänge durch die automatischen Gitter. Der Abteilungsleiter schüttelte energisch den Kopf.

Zufrieden ging Peter Pohle hinaus auf die Straße. Es hatte zu schneien begonnen, dicke, herrliche Flocken, die sich wie Samt anfühlten. Der Winter war gekommen, die Zeitungen prophezeiten eine weiße Weihnacht, nachdem schon im November so viel Schnee wie seit 26 Jahren nicht gefallen war und Deutschland unter einer Schneedecke fast erstickt wäre. Inzwischen war alles weggetaut – aber jetzt kam der Winter zurück und mit ihm die herrliche, selige Weihnachtsstimmung ...

Peter Pohle schlug den Jackenkragen hoch, senkte den Kopf und lief gegen die Schneeflocken an. Ein paar Fußgänger sahen ihm erstaunt nach. Ein Mann ohne Mantel und Hut, bei diesem Wetter? Dann gingen sie weiter. Holt sich sicherlich Zigaretten, dachten sie. Nur ein Sprung über die Straße ...

Wohin, dachte Pohle, während er, immer an den Hauswänden entlang, weiterrannte. Wo kann man sich verkriechen? In einem Hotel? Er blieb stehen, griff in die Taschen und merkte, daß man ihm schon zu Hause alles abgenommen hatte. Geldbörse, Feuerzeug, das Kleingeld in der Rocktasche, sogar die Ausweise ... alles hatten die Krankenpfleger in einen weißen Beutel getan, auf dem die Nummer III/4 stand. Der Patient Nummer 4 auf der Station III.

Pohle stellte sich in einem Hauseingang unter und dachte nach.

Es gab eine Reihe Kollegen, bei denen er unterkriechen konnte, aber er war sich nicht sicher, ob sie nicht doch zum Telefon greifen und verraten würden, wo der gesuchte Peter Pohle sich aufhielt.

Wie einsam ist man plötzlich, dachte er bitter. Wie ein streunender Hund. Aber selbst einem solchen Hund wirft man ab und zu etwas zu fressen hin, und er kann sich in eine warme Ecke verkriechen ... ein gejagter Mensch aber ist das einsamste Geschöpf auf der Welt. Man hält ihn für gefährlicher als das blutgierigste Raubtier.

Er stand da, begann zu frieren, der Schnee blieb auf seinen Haaren liegen und formte eine weiße Baskenmütze. Noch immer wußte er nicht, wohin er weiterflüchten sollte. Wie kommt man weiter ohne Geld, ohne Papiere, ohne das Vertrauen zu anderen Menschen.

Er zuckte zusammen, als plötzlich jemand vor ihm stehenblieb. Es war eine alte Frau, die Haare unter einem Kopftuch verborgen. Sie sah ihn an und schüttelte dann den Kopf.

»Haben Sie es nötig, zu betteln?« fragte sie. Ihre Stimme war so runzelig wie ihr Gesicht, aber es war eine gütige, mütterliche Stimme. Peter Pohle nickte.

»Ja ... ich muß betteln. Aber ich bettle umsonst ...«, sagte er.

Nach Australien, dachte er plötzlich wieder. Erika, ich bettle dich an: Flieg mit den Kindern nach Australien ...

»Wo wohnen Sie?« fragte die alte Frau.

»Im Moment nirgendwo ... «

»Warum arbeiten Sie nicht. Jemand, der arbeitet, braucht nicht zu betteln ... «

»Man braucht mich nicht mehr«, sagte Peter Pohle heiser.

»Sie sind doch noch nicht alt.«

»Das ist keine Frage des Alters. Ich bin unnütz, weil ich die Wahrheit sagen wollte ...«

»Das kenne ich.« Die alte Frau griff in die Manteltasche, holte eine abgeschabte Geldbörse heraus und drückte dem verdutzten Pohle ein Fünfmarkstück in die Hand. Bevor er protestieren konnte, war die alte Frau weitergegangen ... sie verschwand im Schleier des lautlos rieselnden Schnees, als saugten die Flocken sie auf.

Welch eine Idee, durchfuhr es Peter Pohle. Ich muß miserabel aussehen, daß man mich für einen Bettler hält Dr. Peter Pohle, Leiter der Sternwarte und Forschungsanstalt St. Agatha. Aber dieses Aussehen wird mir nun helfen.

Er lief gegen das Schneetreiben an zur Ecke einer Hauptstraße, lehnte sich dort an die Hauswand und hielt den Passanten die rechte Hand ausgestreckt hin. Die Scham ließ ihn rot werden, als der erste Groschen in sie hineinfiel ... dann, beim dritten Groschen, war es schon

Routine: »Dankeschön, die Dame ...«, Groschen in die Tasche, Hand wieder vor. »Dankeschön, der Herr ... Dankeschön ...«

Vorweihnachtsstimmung. Die Menschen waren in Geberlaune. Von einer Bude auf der anderen Straßenseite wehte der Geruch von gebrannten Mandeln und Kräuterbonbons herüber. Und dazu der Schnee ... wessen Herz geht da nicht auf?

Nach einer Stunde hatte Peter Pohle vierzig Mark erbettelt. Er war darüber so erstaunt, daß er immer wieder das Geld durchzählte. Vierzig Mark!

Darunter ein Zehnmark-Schein, den ein Betrunkener ihm in die Hand gedrückt hatte. »Sauf dir einen an!« hatte der Mann gelallt. »Stell dir vor ... in ein paar Tagen ist Weihnachten, und meine Olle stirbt! Haut einfach ab! Vor Weihnachten!« Dann hatte er sich an Pohle gelehnt, hatte geweint und war weitergeschwankt. Peter Pohle ging zur nächsten Telefonzelle und wählte seine Privatnummer. Als er die Stimme Erikas hörte, durchfuhr es ihn wie mit glühenden Messern.

»Wer ist dort?« rief Erika, als Pohle sich nicht meldete. »Hallo ... wer ist denn da?«

»Erika —«, sagte er leise. Seine Stimme war kaum hörbar, aber Erika erkannte sie sofort. Er hörte, wie sie leise aufschrie. »Erika —«

»Peter! Mein Gott, Peter! Wo bist du?«

»Bist du allein, Erika?«

»Jetzt ja. Bis vor zehn Minuten war Polizei hier, Kriminalpolizei und was weiß ich noch. Sie wollen eine Großfahndung nach dir machen. Peter, warum hast du das getan?! Wo bist du denn?«

»Irgendwo, Erika, irgendwo. Frag nicht. Flieg nach Australien ...«

»Peter!!«

»Ich liebe dich, Erika! Ich liebe keinen Menschen mehr als dich und die Kinder. Rettet euch! Das ist alles, was ich euch sagen kann!«

»Sag, wo du bist, Peter!« rief Erika.

»Nein! Leg nicht auf! Sag es . . . ich komme sofort zu dir . . . !«

»In Begleitung der Zwangsjacke . . . danke.«

»Peter! Du kannst nicht weglaufen! Du kannst nicht . . . «

»Ich kann!« sagte Pohle laut und hängte ein. Er blieb noch einen Augenblick in der Telefonzelle stehen, da niemand draußen wartete, und überlegte wieder: Wohin?!

In ein kleines Hotel, dachte er. Aber dann blickte er an sich hinunter und wußte, daß auch das kleinste Hotel keinen Gast aufnimmt, der bei Schneetreiben ohne Mantel und ohne Ausweis ankommt.

Ich habe noch DM 39,80, dachte er. Welch ein Startkapital! Man sollte noch zwei Stunden betteln, dann kann man sich einen billigen Mantel kaufen. Und eine Mütze, gestrickt, Ski Heil in der Großstadt, das ist modern.

Er ging zurück zur Hauptstraße, stellte sich wieder gegenüber der Kräuterbonbon- und Gebrannte Mandel-Bude auf und hielt seine Hand hin.

Er fror erbärmlich, wärmte sich ab und zu in einem Büroeingang auf und kaufte sich sogar — welch eine Investition — eine Tüte gebrannte Mandeln, ganz heiß, frisch aus der Röstpfanne. Aber um 6 Uhr abends hatte er seinen billigen Mantel verdient, kaufte ihn in einem Warenhaus, dazu die Strickmütze, und war jetzt ein Bürger wie jeder andere.

In der Pension ›Kreuzeck‹ mietete er ein kleines Zimmer. Man fragte gar nicht nach seinem Namen, war völlig zufrieden, als er den Zimmerpreis auf den Tisch legte, und ließ ihn allein.

Er setzte sich auf das Bett, starrte in die Dunkelheit und dachte nur eins: Wie kann ich Erika erklären, daß sie noch diese Woche Europa verlassen muß? Ich kann ihr doch nicht sagen, daß die Welt am 5. Januar untergeht. Das kann man doch keinem sagen ...

Er schlug die Hände vor das Gesicht und wußte keinen Weg. Er wußte nur eins: Die Zeitspanne, in der man sich noch retten konnte, wurde immer kürzer.

*

Seit Stunden bemühte sich Prof. Mortonson darum, in Kontakt mit seinem sowjetischen Kollegen Sotow zu kommen. Aber Nowo Kjusnow schwieg immer noch, das heißt, bis über Moskau hinaus kam Mortonson nicht. Die Verbindung nach Sibirien kam nicht zustande.

Immer und immer wieder hatte Mortonson nach Zwischenmessungen die Computer gefüttert: Der Komet Kohatek raste durch das Weltall und ließ ein Chaos hinter sich. Er mußte mit anderen Sternen in Berührung kommen und sie zerfetzen, denn immer wieder kam er aus einer zuvor berechneten Flugbahn heraus und degradierte den logisch weiterrechnenden Computer zu einem Idioten. Nichts stimmte mehr.

»Wir müssen etwas tun!« sagte auch Herp Masters zu seiner Braut Lil Abbot. Sie lagen auf dem Bett, hatten sich geliebt, und wenn Lil gehofft hatte, Herp damit für längere Zeit auf andere Gedanken bringen zu können, erwies sich das schnell als eine Täuschung. Schon bei der ersten Zigarette nach dem Zusammensein stand das Gespenst des Kometen Kohatek wieder in ihrem kleinen, muffigen Zimmer.

»Alles, was jetzt so geschieht, ist doch völlig sinnlos. Dieser ganze Weihnachtseinkaufsrummel zum Beispiel ... wofür? Für zwölf Tage Leben nach Heiligabend? Lil ... diese Ahnungslosigkeit der Menschheit macht mich verrückt ...«

*

Am nächsten Morgen kaufte Lil eine Perücke für Herp Masters ... einen langmähnigen Haarschopf, unter dem er jetzt, zusammen mit seinem Stoppelbart und seiner schrecklichen Brille, wie ein Hippie bester Sorte aussah. Das machte ihn völlig anonym und verschaffte ihm sogar eine gewisse Narrenfreiheit.

Nachdem er etwas gequält über sein neues Aussehen gelacht und seinem Spiegelbild den Vogel gezeigt hatte, wagte sich Herp an Lils Seite zum erstenmal wieder auf die Straße. Nur ganz kurz, zur Information, wie er sagte. Sie gingen in eine richtige Arbeiterkneipe, stellten sich an die Theke und tranken ein Bier. Herp Masters hatte es nicht schwer, seine Nachbarn am Tresen in ein Gespräch zu verwickeln.

Was er hörte, war in seiner Einfalt so erschütternd, daß er wieder zu zittern begann. Auf seine Frage: »Mister, kennen Sie Kohatek? « bekam er eine Masse Antworten. Von: »Nee, den Whisky kenne ich nicht!« bis: »Soll ich mich auch noch um'n Waschpulver kümmern? « war alles drin, nur von einem Kometen, der der

Erde entgegenraste, wußte keiner etwas. Als Herp das sagte, sah man ihn dumm an.

»Na und?« fragte fast jeder. »Wenn sie jetzt auch noch anfangen, jeder Sternschnuppe 'nen Namen zu geben ...! Ich hab' andere Sorgen ...«

»Das ist ein Komet mit einem sechzig Millionen Kilometer langen Feuerschweif ...«, schrie Herp. »Andere sagen sogar hundert Millionen ...«

»Na und?«

»Wenn er mit der Erde zusammenstößt, Mann ...«

Das war dann immer der Augenblick, wo man Masters sinnend anstarrte, dann zu lächeln begann, ihm auf die Schulter klopfte und sagte: »Trink noch einen, Kumpel, dann haste 'nen ganzen Sternenhimmel im Kopf ...«

Dreimal mußten sie sogar die Wirtschaft verlassen, weil Herp mit seinem Weltuntergang lästig wurde und man ihm Schläge auf sein großes Maul androhte. Dann zog Lil den »idiotischen Gammler«, wie man ihm nachrief, von der Theke weg ins Freie.

»Soviel Dämlichkeit!« schrie Herp draußen auf der Straße. »Mein Gott, diese Menschheit ist es wert, vernichtet zu werden! Wie kann man nur so sicher sein, daß alles ewig besteht?! Warum begreifen sie es nicht, Lil?«

»Es liegt außerhalb unseres Begriffsvermögens, Herpi.« Lil machte eine alles umfassende Armbewegung. »Das alles soll an einem Tag untergehen? Diese Welt?! Das kannst du keinem einreden, Herp! Du allein nicht ... und die Regierungen schweigen.«

»Das ist ja die Schweinerei!«

»Ich meine, es ist das beste, was sie tun können.« Sie umarmte Herp und zog ihn an sich. Wer an ihnen vorbeiging, dachte an ein Liebespaar, das trotz der Kälte an einer Hauswand lehnen und sich fühlen wollte. Wenn man schon wie ein Hippie aussieht ...

»Herpi —«, sagte sie leise und küßte seine nervös zukkenden Augen. »Du bist ja selbst schon krank vor Angst.«

»Nein!«

»Doch! Du weißt doch als Journalist, daß es Dinge gibt, die man einfach nicht veröffentlichen *darf!*«

»Du redest wie ein Minister und die Typen auf den Chefetagen der Zeitungen.« Masters machte sich aus Lils Umarmung los.

»Und wenn die Welt nicht untergeht?«

»Auch das haben sie mich alle gefragt.«

»Dann hast *du* die Welt vernichtet. Die gesamte Menschheit wird in einem vollkommenen Chaos leben! Mein Gott, Herpi, wach auf! Nur weil ein Mann, ein der Menschheit unbekannter Professor Mortonson, eine Rechnung aufgestellt hat, drehst du durch!«

»Ich nicht allein!« Masters wischte sich über das Gesicht. Klebriger Schweiß rann über seine Augen. »Auch Garrison, Lil. Auch Messanger. Ich habe sie doch gesehen, wie sie blaß und erschüttert mit Mortonson aus dem Zimmer kamen. Durch Zufall hab ich's gesehen! Und dann hing ich an Mortonson wie ein Blutegel! Das ist keine Spinnerei ...«

»Komm zurück ins Hotel«, sagte Lil sanft, so wie man einem gestürzten Kind zuspricht und ihm sagt, es tue ja nicht mehr weh. »Warten wir es ab ...«

»Was?« Herp blickte Lil aus weiten Augen an. »Den 5. Januar?«

»Vielleicht ...«

»Stillschweigend?«

»Ja.«

»Dann bring mich in eine Gummizelle, wo ich die Wahrheit gegen die Wände schreien kann!«

Sie zog ihn mit sich fort, schleifte ihn fast die Treppe von Hack's Hotel hinauf und gab ihm oben im Zimmer ein Wasserglas voll Whisky zu trinken.

Das haute Herp um. Er fiel aufs Bett und begann zu schnarchen. Mit zuckendem Gesicht betrachtete Lil ihn, dann kamen ihr die Tränen und rannen lautlos über ihre Wangen.

Ich kann ihn doch nicht bis zum 5. Januar unter Alkohol halten, dachte sie. Das kann ich doch nicht. Ich vergifte ihn ja.

Mein Gott, hilf mir. Was soll ich tun? Was, o Gott, was . . . ?

*

Das Telefon von Peter Pohle war angezapft worden. Ein Tonband lief immer mit und nahm jedes Gespräch auf. Außerdem hatte sich ein Kriminalbeamter in der Wohnung einquartiert, mit Zustimmung von Erika, die wie ausgebrannt herumlief, sich um die Zwillinge kümmerte und jetzt im geheimen wünschte, daß Peter nicht mehr anrufen würde.

Die Techniker der Bundespost standen bei dem automatischen Wähldienst vor dem Problem, im Falle eines Anrufes von Peter Pohle schnell zu ermitteln, von welchem Apparat aus er sich meldete. Das war eine fast nicht zu bewältigende Aufgabe, vor allem, wenn Pohle über das Fernnetz anrief. Aber die zuständigen Ingenieure des Fernsprechamtes versprachen, ihr möglichstes zu tun. Warum der ganze Aufwand betrieben wurde, sagte man ihnen nicht. Es genügte, daß vom Bundespostministerium für die gesamte Aktion grünes Licht gegeben worden war. So etwas hatte es in Deutschland bisher noch nicht gegeben: Die gesamte Technik der Post wurde eingesetzt, um einen einzigen Mann ausfindig zu machen.

»Er kann nicht weit sein«, sagte Erika immer wieder. »Er hat doch nichts bei sich. Kein Geld, keine Papiere, nicht einmal einen Wintermantel. Er fällt doch überall auf.«

»Überlegen wir einmal in aller Ruhe, wohin Ihr Mann sich wenden kann«, sagte der Kriminalrat, der als Leiter einer kleinen Sonderkommission den ›Fall Pohle‹ bearbeitete. »Hat er noch Verwandte?«

»Nur noch einen Onkel in Hannover, aber wie soll er dahinkommen, ohne Geld?« antwortete Erika.

»Haben Sie eine Ahnung, wie weit man ohne einen Pfennig fahren kann!«

»Nicht mein Mann. Er ist ein Wissenschaftler, kein Ganove!«

»Natürlich. Aber in seinem Zustand entwickelt man ungeahnte Fähigkeiten.« Der Kriminalrat blickte aus dem Fenster. Es schneite ununterbrochen. Ohne Mantel, dachte er. Natürlich fällt das auf. Und Dr. Pohle ist kein Landstreicher, der alle Kniffe kennt, wie man an ein warmes Plätzchen kommt, ohne gefragt zu werden. Darin lag eine große Chance, ihn zu entdecken.

»Der Onkel in Hannover ist uns aus den Personalakten bekannt. Er wird bereits überwacht«, sagte er. »Ebenso alle Kollegen Ihres Gatten. Da gibt es keine Lücke.«

»Aber warum das alles?« Erika saß auf der Couch, nebenan schliefen die Zwillinge im Elternbett, ahnungslos, müde vom Spielen. »Ich habe nie gehört, daß so viel Aufhebens um einen geflohenen Nervenkranken gemacht wird. Ist . . . ist mein Mann wirklich so gefährlich? « Sie spürte, wie die Tränen wieder über ihr Gesicht rannen. Sie wollte dagegen ankämpfen, aber es gelang ihr nicht.

»Um ehrlich zu sein . . . ich auch nicht.« Der Kriminalrat trat vom Fenster zurück. »Diese Frage habe ich mir auch gestellt . . . privat. Ich kenne Ihren Gatten nicht —«

»Er ist der friedlichste Mann der Welt. Er haßt alle Gewalt. Aber jetzt jagt man ihn wie ein Ungeheuer. Wie kann man ein Ungeheuer sein, wenn man sich nur mit den Sternen beschäftigt? «

»Ich habe darauf keine Antwort. Ich habe nur meine Einsatzbefehle. Es *muß* etwas Wichtiges sein, denn das Bundesinnenministerium hat das Bundeskriminalamt und den Bundesverfassungsschutz eingesetzt.«

»Verfassungsschutz? « fragte Erika völlig verwirrt.

»Das ist ein Behördenname. Er kümmert sich um die gesamte innere Sicherheit des Staates . . . in politischer Hinsicht.«

»Mein Mann hat nie etwas mit Politik zu tun gehabt . . .«

»Keine Ostkontakte? «

»Aber nein! Wieso denn? «

Der Kriminalrat hob die Schultern. Das war alles rätselhaft. Ein harmloser Astronom und Forscher dreht durch und setzt dadurch einen ganzen Staatsapparat in Bewegung. Und keiner gibt Auskunft — es heißt nur in dem Einsatzbefehl: Dr. Peter Pohle *muß* gefunden werden!

Weiter nichts. Was steckt dahinter? Selbst die Frau des Gesuchten steht vor einem Rätsel.

Wie kann ein Mann staatsgefährlich werden, nur weil er zu seiner Familie sagt: »Fliegt sofort nach Australien . . . ?«

Was ist in Australien los? Bestanden etwa doch Ostkontakte und die ganze Familie sollte flüchten, bevor ein großes Ding gedreht wurde?

Der Kriminalrat zündete sich eine Zigarette an. Nicht einen Augenblick dachte er an den Kometen Kohatek. Vielleicht wußte auch er nicht, wer Kohatek war . . . so etwas überliest man in den Zeitungen oder vergißt es schnell wieder. Mein Gott . . . da saust so ein Ding durch das Weltall, was soll's? Das ist etwas für die Wissenschaftler, für diese Sterngucker, deren Tun sowieso kaum einer versteht. Was hat man schon davon, wenn man einen neuen Stern entdeckt oder weiß, daß der Stern XYZ 1 Milliarde Lichtjahre von der Erde entfernt ist?

Das Telefon klingelte. Erika und auch der Kriminalrat zuckten zusammen. Irgendwo in einer Schaltstelle begann das Tonband zu laufen, ausgelöst durch den Klingelimpuls.

»Heben Sie ab . . . «, sagte der Kriminalrat rauh. Er griff nach dem zweiten Hörer, den man vor einer Stunde an den Apparat montiert hatte. »Und sprechen Sie völlig natürlich. Versuchen Sie — wenn es Ihr Mann ist — ihn so lange wie möglich am Apparat zu halten . . . «

Erika nickte. Ihre Kehle war wie ausgedörrt. Sie nahm den Hörer ab und sagte: »Hier Pohle. Erika Pohle.«

Dann lauschte sie. Am anderen Ende der Leitung meldete sich niemand . . . aber sie hörte, wie jemand stoßweise atmete.

Und sie wußte, so sicher wie ihre Kinder nebenan im Bett lagen, daß es Peters Atem war.

Verzweifelt sah Erika Pohle zu dem Kriminalrat hinüber. Der Hörer bebte in ihrer Hand.

»Reagieren Sie ganz natürlich ...«, flüsterte der Kriminalrat. »So, wie Sie es sonst auch tun würden ...«

»Hallo, wer ist denn da? « fragte Erika laut. Ihre Stimme hatte einen so spröden Klang, als müsse sie gleich zerbrechen. »Melden Sie sich doch! Sonst lege ich auf ...«

Der Atem wurde lauter. Endlich sagte eine Stimme, die so fern klang, als käme sie aus einem anderen Erdteil:

»Erika ...«

»Peter!«

»Bist du noch immer allein? «

»Ja ...«

Dieses Ja war eine einzige Qual ... es war ein Verrat an Peter Pohle. Mit geschlossenen Augen sprach Erika weiter.

»Die Polizei ist wieder weg. Du kannst ruhig sprechen, Liebling. Wo bist du? «

»In Sicherheit, Erika. Was machen die Kinder? «

»Sie schlafen in deinem Bett ... Peter, hör mir zu, ich flehe dich an, hör mir zu ...«

»Es sind die gleichen Worte, die ich auch zu dir sprechen will. Erika, glaub mir bei dem Leben unserer Kinder: Du mußt weg aus Deutschland! Sofort!«

»Warum, Peter? «

»Das kann ich dir nicht sagen.«

»Hast ... hast du Ostkontakte gehabt, Peter? «

»Diesen Blödsinn hat dir wohl die Polizei eingeredet, was? «

»Warum sollen wir dann weg, Peter? « fragte Erika weiter.

»Das wirst du eines Tages in Australien erfahren. Bitte, flieg ...«

Erika nickte. Peter konnte es nicht sehen, aber sie tat es, weil der Kriminalrat es ihr vormachte. »Gut«, sagte sie dann mit mühsam fester Stimme. »Wir fliegen ... aber nur, wenn wir dich vorher noch einmal sehen ...«

»Sie werden mich verhaften und dich und die Kinder festhalten. Es ist unmöglich. Ich nehme an, daß unser Gespräch jetzt abgehört wird: Also hören Sie zu, meine Herren. Ich verspreche, über alles zu schweigen, wenn meine Frau und meine Kinder ungehindert abfliegen können. Morgen früh um 7.15 Uhr startet eine Maschine nach Bombay. Von dort können sie weiter nach Sydney. Wenn meine Frau ein Blitztelegramm aus Sydney an die Sternwarte St. Agatha schickt, tauche ich wieder auf.«

»Aber du hast doch nichts bei dir, Peter!« schrie Erika. »Nicht einmal einen Mantel bei diesem Wetter. Peter ... Peter ...«

»Mach dir darüber keine Sorgen, Liebling ...«

»Warum sollen wir denn weg, Peter? Sag doch nur ein Wort ...«

Wieder der stoßweise Atem. Peter Pohle schien mit sich und seinem fürchterlichen Wissen zu kämpfen. Dann sagte er: »Erika, was du jetzt hörst, darf niemand, hörst du, niemand wissen! Am ...«

Es machte klick in der Leitung, das Gespräch war abgeschnitten worden. Erstarrt sahen sich Erika und der Kriminalrat an.

»Peter!« schrie Erika Pohle. »Peter! Was ist denn? Peter!!«

Der Kriminalrat drückte die Gabel herunter. »Es hat keinen Zweck mehr, Frau Pohle«, sagte er und ließ sich in einen der Sessel fallen. »Da haben die, die mehr wissen als wir, eingegriffen.« Und plötzlich hieb er auf die Sessellehne und schrie: »Es ist eine Schweinerei, uns so im unklaren zu lassen! Verdammt, sollen sie doch den Dr. Pohle selbst suchen! Ich bin doch kein Kasperl!«

Eine halbe Stunde später wußte er, daß der Anruf nichts ergeben hatte. Es war nicht festzustellen gewesen, woher er gekommen war. Der Segen der Automatik wurde hier zum Fluch.

Die ganze Nacht saß Peter Pohle in seinem Zimmer und dachte nach. Und je mehr er grübelte, um so klarer wurde ihm, daß die deutsche Bundesregierung eigentlich über das Ausmaß der kommenden Katastrophe gar nicht voll orientiert sein konnte, wenn alles so normal weiterlief, wie es der Fall war.

Wer sollte sie auch informieren? Als er — Peter Pohle — die Berechnungen Prof. Mortonsons als richtig erkannte und zuerst an seine Frau und die Kinder dachte, wußte ja noch niemand, daß der Komet Kohatek mit der Erde zusammenstoßen würde. Keiner in der Forschungsstelle St. Agatha wußte es, denn alle neuen Berechnungen hatte er eingeschlossen und war sofort nach Hause gefahren. Es war niemand da, außer ihm, der in Bonn die kommende Katastrophe melden konnte . . . wenn nicht Mortonson seine schreckliche Erkenntnis der Regierung der USA übermittelt hatte.

Daß sein letztes Telefongespräch mit Erika abrupt unterbrochen worden war, sah er als technischen Fehler an. Er begrüßte ihn sogar. Dadurch wurde er der Aufgabe enthoben, Erika zu sagen, was unglaubhaft war. Aber sie hatte versprochen, morgen zu fliegen . . . übermorgen dann, nach ihrem Telegramm, würde er wieder in St. Agatha erscheinen, als sei nichts gewesen. Ihm war es gleichgültig, ob sie ihn dann als Irren einsperrten ... es waren ja doch nur wenige Tage ... aber Erika und die Kinder hatten die große Chance zu überleben.

In dieser Nacht träumte Herp Masters in dem kleinen muffigen Zimmer von Hack's Hotel in New York vom Weltuntergang. Es waren höllische Bilder, und in seiner Trunkenheit begann er zu schreien, schlug um sich, fiel aus dem Bett und wälzte sich auf den Dielen. Lil Abbot ließ ihn austoben ... aber als er in Schweiß gebadet wieder zu sich kam, gab sie ihm einen neuen Whiskystoß.

Ich muß etwas anderes erfinden, dachte sie dabei. So kann ich ihn nicht halten. Morgen wird er wieder ausbrechen ... mein einziger Verbündeter ist die Menschheit selbst, die nie glauben wird, daß sie am 5. Januar untergehen soll.

Daran wird Herp scheitern: an dem Vollkommenheitsglauben der Menschen.

In dieser Nacht gelang es Mortonson endlich, seinen Kollegen Sotow im fernen Sibirien zu sprechen. Die Forschungszentrale Nowo Kjusnow meldete sich nur, weil jetzt alle Geheimhaltungsmaßnahmen abgeschlossen waren und zwischen Voroucov und Garrison das gemeinsame Vorgehen Rußlands und der USA gegen den Kometen Kohatek koordiniert war.

»Was haben Sie noch zu sagen, Mortonson?« fragte Sotow in einem harten Englisch.

»Nichts. Ich wollte nur von Ihnen hören, daß ich kein Irrer bin.«

»Sie glauben selbst nicht an Ihre Berechnungen?«

»Wer kann das? Können Sie sich vorstellen, daß unsere Welt ...« Mortonson schluckte krampfhaft. In Sibirien schien Sotow das gleiche zu empfinden.

»Man kann es sich nicht vorstellen«, sagte Sotow endlich. »Aber es ist so. Und einmal muß es so kommen ... ob am nächsten 5. Januar oder am 15. April 10917 ... man wird es nie begreifen. Also sollten wir nicht am Datum hängen. Leben Sie wohl, Mortonson.«

»Sie Witzbold!« sagte Mortonson heiser. »Zum erstenmal geht mir russischer Humor zu Herzen.«

*

Am Morgen des nächsten Tages lag Peter Pohle auf dem Bett und sah auf die Uhr. Es war 8.17 Uhr, und Erika und die Kinder mußten jetzt auf dem Flug nach Bombay sein. Zu diesem Zeitpunkt entschloß sich die Wirtin der ›Pension Kreuzeck‹ trotz tiefster Abneigung gegen die Polizei und alles, was danach roch, der Polizeiwache VI einen anonymen Wink zu geben.

Der Mann, der gestern das Zimmer 9 gemietet hatte, war ihr unheimlich gewesen. Sie konnte nicht sagen warum ... aber diese gehetzten Augen, die flatternden Hände, die rasselnde Sprache, und dann – die ganze Nacht hindurch – das ununterbrochene Hin- und Hergehen im Zimmer, das alles war nicht normal.

Wenn auch Huren in der Pension abstiegen und man es mit der Meldepflicht nicht so genau nahm ... eine Tragödie, gleich welcher Art, konnte man sich nicht erlauben. Dann schon lieber die Polizei im Haus. Und was da im Zimmer 9 unruhig herumlief, sah ganz nach einem Selbstmörder aus. Bloß das nicht!

Die Polizisten der Morgenwache hörten sich die anonyme Anruferin an und tranken nebenbei heißen Kaffee. Draußen war es saukalt ... es gab ein eisiges Weihnachten, das stand fest.

»Hat er den Selbstmordversuch schon gemacht?« fragte der Beamte am Telefon.

»Nein ... aber ...«

»Liebe Frau, wir können doch keinen abholen, der nur aussieht, als wenn! Wer sind Sie überhaupt? Pension Kreuzeck? Woher wissen Sie, daß sich in Ihrer Pension ein Mann umbringen will?! Ihren Namen ...«

Die Frau legte sofort auf. Der Polizeibeamte trank erst seinen Kaffee aus und erzählte dann seinen Kameraden, daß in der Pension Kreuzeck ein schräger Vogel sitze. Ob es sich lohne, den anzuschauen? Ein angeblicher Selbstmörder, der aber noch nichts getan habe ...

»Gehen wir«, sagte der Obermeister. »Langweilig ist's heute sowieso.«

Sie zogen ihre Mäntel an, holten die Mützen vom Haken, und in diesem Moment lief über die Revierleitung noch einmal die genaue Personenbeschreibung des gesuchten Dr. Peter Pohle ein. Und dazu der merkwürdige, für Polizeiohren erstaunliche Zusatzbefehl: Wenn er gefunden ist, ist er sofort in der Städtischen Psychiatrischen Klinik abzuliefern, nicht auf dem Revier oder im Präsidium.

»Haltet mal!« rief der Reviervorsteher den Polizisten zu, die gerade das Wachlokal verlassen wollten. »Eine Fahndungsbeschreibung von Dr. Pohle. Vierzig Jahre alt, blonde Haare, mittelgroß, sportlicher Typ, trägt einen grauen Anzug mit Fischgratmuster, blaues Hemd mit blauer weißgepunkteter Krawatte. Der Mann ist nicht bewaffnet, aber verzweifelter körperlicher Widerstand ist zu erwarten ...«

Die Beamten nickten, setzten die Mützen auf und gingen hinaus.

In der Pension Kreuzeck tat die Wirtin sehr verwirrt, als plötzlich die Polizei klingelte. »Bei mir?« sagte sie mit der Lautstärke aller Absteigewirtinnen. »Ein Selbstmörder? Bei mir wohnen nur einwandfreie Gäste. Was für'n Zimmer? Nummer 9? Das ist ein feiner Mann, sage ich Ihnen, das sieht man sofort ...«

Die Beamten nickten, schoben die Wirtin zur Seite und gingen zu Zimmer 9. Ohne zu klopfen, rissen sie die Tür auf und starrten auf den Mann, der vom Bett hochschnellte.

Blonde Haare, grauer Fischgratanzug, blaues Hemd mit ...

»Kommen Sie mit, Dr. Pohle!« rief der Hauptwachtmeister Brahmke laut. »Wehren Sie sich nicht ... wir tun Ihnen nichts ...«

Peter Pohle wußte in diesem Augenblick, daß er verloren hatte. Er ahnte auch, daß Erika und die Kinder nicht auf dem Flug nach Bombay waren, daß alles umsonst gewesen war. Mit einem qualvollen dumpfen Aufschrei warf er sich herum und sprang zum Fenster.

Aber die Polizisten waren schneller. Sie packten Peter Pohle, bevor er das Fenster aufreißen konnte, zogen ihn ins Zimmer zurück und bogen ihm die Arme auf den Rücken. Völlig sinnlos trat er um sich und stieß mit dem Kopf nach den Beamten.

»Erika!« brüllte er dabei. »Jetzt haben sie Erika und die Kinder ermordet ... Sie haben sie ermordet ... Jetzt werde ich alles sagen ... alles, alles ... Am 5. Januar geht die Welt unter!«

»Und am 6. trinken wir einen!« sagte einer der Polizisten gemütlich.

Dann trugen sie Dr. Pohle die Treppe hinunter. Und die Wirtin brachte den neuen, billigen Mantel nach.

*

In der Psychiatrischen Klinik beruhigte sich Peter Pohle. Die Ärzte gaben ihm einige Injektionen und sprachen dann milde und mit monotoner Stimme auf ihn ein, bis Pohle mit klarer Stimme sagte:

»Ich bin nicht verrückt, meine Herren. Ich weiß, das sagen alle, die hier vor Ihnen sitzen. Aber glauben Sie mir ... es werden Umstände eintreten, die uns alle zwingen, übermenschlich zu reagieren. Ich bitte darum, mit Bundeskanzler Borck verbunden zu werden. Ein sofortiges Gespräch, bitte.«

»Selbstverständlich.« Die Ärzte nickten zustimmend, gaben Peter Pohle noch eine Injektion und ließen ihn damit einschlafen. Eine Zwangspsychose, diagnostizierten sie. Zuerst völlig ruhigstellen ... morgen oder übermorgen sehen wir weiter.

So dämmerte Peter Pohle dahin, aß und trank, wurde wieder in einen schlafähnlichen Zustand versetzt, und die kostbare Zeit verrann. Seine Frau flog nicht mit den Kindern nach Australien ... sie saß am Krankenbett, weinte und verstand nicht, wieso Peter so plötzlich den Verstand verlieren konnte. Seine Kollegen vom Observatorium St. Agatha verstanden es gut ... aber sie mußten schweigen, auch den Ärzten gegenüber. Seit zwei Tagen saßen Beamte der Sicherungsgruppe Bonn in den Räumen der Sternwarte und den Büros und überwachten die Einhaltung der völligen Schweigepflicht.

Die Telefone zwischen den Regierungshauptstädten liefen heiß.

Mit dem Hinweis, daß weltweit der Notstand ›geprobt‹ werden müsse, wurden die Atombunker bezugsbereit gemacht, bereiteten sich die Regierungen zum Umzug in ihre unterirdischen Kommandozentralen vor, die für den Fall eines Atomkrieges eingerichtet worden waren, wurden Notunterkünfte in großen Höhlen hergerichtet, Lebensmittel und Wasservorräte eingelagert und ein Massiveinsatz aller Transportmittel zunächst im Plan vorbereitet.

Aber was sollte das alles nutzen, wenn der Komet Kohatek wirklich mit der Erde zusammenstieß? Wie kann man 190 Grad Hitze überleben, wie eine Hunderte Meter hohe Flutwelle, wie den Ausbruch der Erdmagma aus einem Kraterloch von 1500 km Durchmesser, wie die Gaswolken mit ihren Explosionen, die alle Vorstellungen überstiegen? Wie kann man sich schützen, wenn sich ein Feuerschweif von 60 Millionen km um die Erde zieht? Was für ein Mittel gibt es, das Auseinandersprengen der Erde zu überleben?

Prof. Mortonson hatte ausgerechnet, daß sich drei bis vier Tage nach der Katastrophe die Gaswolke des Kohatek wieder verflüchtigt haben würde ... was zurückbleiben würde, war eine zerfetzte Welt. Konnte es darauf noch menschliches Leben geben, trotz Atombunker, trotz Höhlen in den Hochgebirgen? Und wenn ... wovon sollte sich dieses Leben erhalten?

Die Erde würde wieder wüst und leer sein, wie am ersten Schöpfungstag. Lohnte es sich überhaupt, auf diesem Torso von Erde zu überleben?

In den Regierungshauptstädten tagten ununterbrochen die Krisenstäbe. Bis zur Stunde war über den kleinen Kreis der Eingeweihten noch nichts an die Öffentlichkeit gedrungen ... auch ein einmaliges Phänomen bei der notorischen Indiskretion unserer Menschheit. Aber hier war es tatsächlich so, daß jeder der Wissenden sich im klaren war, welch eine zügellose Panik die 2,5 Milliarden Erdbewohner ergreifen würde, käme die volle Wahrheit ans Tageslicht. Eine Welt voll angstgepeitschter Irrer ... das war fast noch höllischer als der Zusammenprall der Erde mit dem Kometen.

In New York lebte Herp Masters die nächsten zwei Tage ruhig und versteckt in Hack's Hotel bei Lil Abbot. Ein paarmal rief er aus Telefonzellen Freunde an ... Redakteure in Cleveland, San Franzisko und Detroit. Sie alle hatten Herps Fahndungsfoto auf dem Tisch liegen und sagten, noch bevor Herp etwas erklären konnte:

»Junge, hau ab! Kriech unter. Halt die Schnauze! Nein, wir wollen nichts wissen! Wir wollen an dem Ding, das du gedreht hast, nicht mitschuldig werden, indem wir zuviel wissen. Du bist die gesuchte Nr. 1 der Staaten ... Herpi, buddle dich in eine Höhle ein oder häng dich auf!«

Herp Masters hatte es aufgegeben, bei solchen Reden zu toben. Er versuchte es noch in Chikago und New Orleans — und gab dann auf.

»Das ist Perfektionismus«, sagte er resignierend zu Lil. »Ein Gehirn wird abgestellt. Wann wollen sie der Menschheit sagen, daß sie am 5. Januar untergeht?«

»Am 4. Januar, denke ich. Das genügt meiner Meinung nach.« Lil saß am Fenster und blickte auf die drekkige Straße. Einige zerlumpte Kinder spielten im schmutzigen Großstadtschnee und bauten kugelige Schneemänner. Sie war, nachdem Herp ihr alles erklärt hatte, sehr still geworden. Zuerst hatte sie — wie alle — nichts geglaubt, aber als Herp ihr die Fotos von Mortonsons Notizen zeigte und sie ein Gespräch mit dem Chef der ›New York Times‹ mithörte, in dem man Herp beschwor, den Mund zu halten und ein Vermögen dafür bot, begann sie, die Wahrheit zu erkennen.

Es war schrecklich. Dort oben am Himmel, der in den

kalten Nächten noch voll glitzernder Sterne war, ein mit Flimmer besticktes Gewölbe, das früher die Romantiker besangen, raste mit einer Geschwindigkeit von 50 km in der Sekunde das Ende alles Lebens heran. Noch unsichtbar, nur mit starken Teleskopen zu erfassen, aber bereits berechnet, auf Tag und Stunde genau erfaßt, von der wahnwitzigen Präzision der Computer verfolgt ... das war so ungeheuerlich, daß Lil das Leben auf den Straßen und in den Geschäften mit anderen Augen zu sehen begann und die Menschen anders als bisher betrachtete.

Den 5. Januar werde ich nicht erleben, dachte sie einmal, als Herp wieder unterwegs war, um von irgendeiner Telefonzelle aus zu telefonieren. Ich werde diesem totalen Untergang nicht mit offenen Augen zusehen. Ich werde vorher, sobald der Riesenfeuerschweif über unseren Himmel zieht und der Kometenkopf heller als die Sonne strahlt, zwanzig oder dreißig Tabletten schlucken und das Ende der Welt verschlafen. So sollten es alle tun ... alle Regierungen sollten befehlen, vor dem grauenhaften Untergang Tabletten zu nehmen. Das wäre ein friedlicher Gnadentod, angesichts des schrecklichen Flammentodes.

Am dritten Tag ihres Versteckspielens gingen Lil und Herp einkaufen ... Lil in drei Apotheken, wo sie insgesamt hundert Schlaftabletten kaufte, Herp in ein Warenhaus, wo er einen Kinderdruckkasten erstand. Dazu ließ er sich tausend Bogen Papier einpacken ... Masters war bereit, auf eigene Faust die Wahrheit zu publizieren.

Am Nachmittag trafen sich beide wieder in dem schmuddeligen Hotelzimmer. Lil hatte die Tabletten unter der Matratze versteckt, Herp packte ohne Geheimniskrämerei seinen Druckkasten aus und baute ihn auf dem Tisch auf. Zwei Stempelkissen in Schwarz und Rot, zehn Schienen, in die man die Buchstaben hineinschieben konnte, und Gummilettern in vier verschiedenen Schriftgrößen.

Lil Abbot sah den Vorbereitungen mit zusammengekniffenen Augen zu. Als Herp ein Manuskript aus der Rocktasche zog und sich zur Arbeit hinsetzte, trat sie hinter ihn und legte ihm beide Hände auf die Schultern.

»Du willst das wirklich machen, Herp?« fragte sie.

»Aber ja. Ich lasse mich nicht mundtot machen.«

»Und die Panik in aller Welt?«

»Bist du in Panik gefallen, Lil?«

»Noch nicht.«

»Heißt das, daß du ...«

»Ich weiß es nicht.« Sie legte ihr Kinn auf seine Haare. »Ich zwinge mich im Augenblick, nicht an den 5. Januar zu denken. Aber das können Millionen andere Menschen nicht. Du vernichtest die Welt, Herp, bevor der Komet sie vernichtet.«

»Wir sind jahrtausendelang belogen worden ... sollen wir mit einer Lüge auch noch untergehen? Nein!«

»Das ist es nicht, Herp! Es ist bloß dein Ehrgeiz. Das Chaos in der Welt ist dir gleichgültig, wenn man nur einmal auf dem ganzen Erdball den Namen Herp Masters nennt! Das ist es! Für den kurzen Ruhm bis zum 5. Januar bist du bereit, Millionen in den Wahnsinn zu stürzen.«

»Du bist ein Schäfchen, Lil«, sagte Herp gemütlich. Er begann, das Manuskriptblatt zu glätten und setzte in den größten Buchstaben die Überschrift seines Aufrufes:

An alle Menschen!

»Das wird in Rot!« sagte er dabei. »Tausend kleine Plakate werde ich nachts an die Hauswände kleben! Das genügt ... wie ein Sturm wird der Text von Mund zu Mund fliegen ...«

»Herp«, sagte Lil ganz ruhig. »Laß das sein ... bitte — — —«

»Geh, Darling, und koch mir einen starken Kaffee. Und einen Schuß Whisky vorher in die Tasse ... sei lieb, Blondie ... «

Lil Abbot sah Herp noch einmal lange an. Sie strich mit beiden Händen über seine Schultern, streichelte seinen Nacken und blieb mit den Fingern an seinen Halsseiten liegen. Plötzlich drückte sie zu, genau auf beide Halsschlagadern ... es war ein gemeiner Griff, und Lil, die einmal eine Jiu-Jitsu-Ausbildung absolviert hatte, wußte genau, wie und wo man kräftig zudrücken mußte, um eine plötzliche Blutleere im Gehirn zu erzeugen.

Herp Masters saß zuerst wie erstarrt und begriff nicht, was sein Schäfchen da mit ihm machte. Dann merkte er, wie ihm schwindelig wurde, aber da war es schon zu spät, sich zu wehren. Lils Hände lagen wie Schraubstöcke an seinen Halsschlagadern, Herp schlug um sich, traf ins Leere, seine Augen trübten sich, er trat aus, wollte hochspringen, aber das Gehirn reagierte schon nicht mehr voll. Noch ein fester Druck, links ein Schlag mit der Handkante gegen den Hals ... Herp Masters' Kopf sank nach vorn und prallte mit der Stirn in den Kinderdruckkasten, auf das Stempelkissen mit der roten Farbe.

Als Lil ihn wieder aufrichtete, sah es aus, als habe man Herp in die Stirn geschossen.

Gleich danach warf Lil den Druckkasten in den Müllschlucker, den man im Flur von Hack's Hotel nachträglich eingebaut hatte ... der einzige moderne Komfort, aber auch nur, weil man kaum Personal hatte und Mrs. Hack zu faul war, die Abfallsäcke aus den Zimmern wegzutragen. Dann rannte Lil zurück ins Zimmer, löste fünf Schlaftabletten auf und flößte sie Herp mühsam ein. Sie zwang ihn zu Schluckbewegungen, und es gelang ihr, einen großen Teil des milchigen Wassers in ihn hineinzubringen.

Da Herp für sie zu schwer war, sie ihn also nicht ins Bett schleifen konnte, ließ sie ihn vom Stuhl auf den Fußboden gleiten und dort liegen.

Dann saß sie wieder am Fenster, starrte auf die belebte schmutzige Straße, sah den Kindern im dreckigen Schnee zu und kam sich gemein und hinterhältig vor.

Doch das wurde bald von der Angst verdrängt, die in sie hineinkroch, diese wahnsinnige Angst vor dem Tode. Eine Angst, die alle Nerven vibrieren ließ.

Ich halte nicht durch bis zum 4. Januar, dachte sie. Mein Gott, ich habe diese Kraft nicht. Ich werde Herp und mich früher töten müssen, bevor ich wirklich wahnsinnig werde . . .

*

In seinem kleinen Zimmer auf dem Mount Hillary saß Prof. Mortonson vor seinem Tagebuch. Er war aus Washington zurückgekommen, wo er in einem Geheimgespräch erneut Präsident Garrison und Außenminister Messanger über den neuesten Berechnungsstand unterrichtet hatte.

Der Komet spielte verrückt. Er benahm sich im Weltall wie ein Betrunkener. Aber die Richtung behielt er bei . . . direkt auf die Erde zu. Nur wagte jetzt niemand mehr zu sagen, wo er die Erde treffen und aufreißen würde . . . ob in Zentraleuropa, im asiatischen Rußland einschließlich China oder sogar in den USA mit Kanada.

Im Endeffekt war es ja auch gleichgültig ... alles Leben auf der Erde wurde vernichtet.

Mortonson schrieb ein paar Zeilen und griff dann in die Schreibtischschublade. Er holte einen kleinen verchromten Kasten hervor, wie ihn Ärzte zum Transport von Injektionsspritzen gebrauchen, öffnete ihn, holte eine Spritze heraus, setzte eine dünne Nadel ein und legte sie aufzugsfertig auf das mit Alkohol getränkte Wattebett des kleinen Kastens. In einer Ausbuchtung lagen zwei Ampullen mit einer bräunlichen Flüssigkeit.

»Ich habe nicht die Kraft, die Richtigkeit meiner Berechnungen zu erleben und in dieser Sekunde der Gewißheit zu sterben«, schrieb Mortonson in sein Tagebuch, von dem niemand erfahren würde. »Ich bin ein schwacher, feiger Mensch, der jetzt, die Wahrheit vor Augen, kapituliert. Ich kann nicht anders ... wenn es einen Gott gibt, dann weiß ich jetzt, daß er Rache nimmt für mehrere Jahrtausende menschlicher Gemeinheit. Aus einer Naturkatastrophe geht sie jetzt unter ... das ist absolute Logik. Aber ich kann sie nicht mehr ertragen ...«

Er schloß sein Tagebuch, lehnte sich zurück und starrte an die Decke.

*

Mortonson wartete, bis die Nacht gekommen war. Er hatte zwar die Spritze mit der bräunlichen Flüssigkeit aufgezogen, aber ihm fehlte jetzt der Mut zu dem letzten Schritt. So ausweglos seine eigene und die Situation der gesamten Menschheit war, ein winziger Hauch von Lebensoptimismus hielt ihn noch über dem Abgrund fest.

Er ging hinüber zu dem großen Kuppelsaal, in dem das riesige Teleskop aufgestellt war, jenes Wunderwerk der Technik, mit dem man Millionen Lichtjahre weit ins All blicken konnte. Entfernungen, deren Zahlen ein normaler Mensch überhaupt nicht begreift, und bei denen er nur den Kopf schüttelt, wenn man von Trilliarden spricht und ihm eine Zahl mit zig Nullen vorlegt.

Mortonson setzte sich hinter den kleinen Schirm, auf dem elektronisch projiziert der Abschnitt des Himmels wiederkehrte, den das Spiegelauge des Mount Hillary einfing. Mortonsons Kollegen, die in dem Kuppelsaal saßen oder standen, beobachteten ihren Chef stumm und bedrückt.

Der Komet Kohatek war — für einen Astronomen — bereits ›greifbar‹ geworden. Deutlich sah man ihn, ihn, der sich heller von den anderen Sternen abhob; hinter ihm war schwach der Nebel seines 60 Millionen km langen Feuerschweifes zu erfassen. Ein Tod in faszinierender Gestalt.

Mortonson schob sich von dem Beobachtungsstuhl und schritt die paar Stufen vom Teleskop hinunter. Er ging nach vorn gebeugt, in ein paar Tagen zum Greis geworden.

»Haben wir Nachricht von Sotow?« fragte er in die Mauer seiner Assistenten hinein.

»Nein. Nowo Kjusnow antwortet nicht mehr. Es kommt einfach keine Telefonverbindung mehr zustande. Es scheint, als habe man Professor Sotow völlig isoliert.«

»Natürlich hat man das.« Mortonson wischte sich über das Gesicht, die Geste eines Mannes, der aufgegeben hat. »Und Gustafsen?«

»Bestreitet weiter unsere Berechnung, Herr Professor.«

»Dr. Pohle?«

»Ist verreist, sagte man uns aus St. Agatha.«

»Cobernet in Paris?«

»Tobt und nennt uns alle Idioten! Er wird morgen in der französischen Presse einen Artikel veröffentlichen. Er will aus dem Kometen ein ›Volksschauspiel‹ machen, die Menschen sollen ihn fotografieren. Für das beste Amateurfoto setzt sein Institut 10 000 Francs aus.«

»Irrsinn! Alles Irrsinn!« schrie Mortonson. »Die Menschen werden auf der Straße stehen oder auf den Dächern hocken, die Kamera in der Hand, und werden verbrennen oder vergast werden.«

»Prof. Cobernet bleibt dabei, daß Kohatek 250 Millionen km entfernt an uns vorbeizieht.«

»Ist er denn blind?!« rief Mortonson. »Was er da publiziert, ist ein Verbrechen.«

»Vielleicht nicht.« Einer der Assistenten senkte den Kopf, als Mortonson ihn starr anblickte. »Die Franzosen werden mit der Freude, Bilder zu knipsen, sterben. Ihre Panik wird nur ein paar Minuten dauern. Die anderen Menschen dagegen ... Ich halte Cobernet für einen großen Psychologen, und der französische Staat spielt mit. Das ist bewundernswert.«

Mortonson antwortete nicht. Er sah seine Mitarbeiter der Reihe nach kurz an und nahm so stumm von ihnen Abschied. Dann wandte er sich schroff ab, ging in sein kleines Privatzimmer zurück und setzte sich wieder vor die gefüllte Injektionsspritze. Er krempelte das Hemd am linken Arm hoch, betrachtete seine Vene in der Armbeuge, die gut sichtbar war, und griff dann nach der Spritze.

Man fand Prof. Mortonson erst am Morgen, als die Putzfrauen durch die Zimmer gingen.

Er saß in seinem Sessel, den Kopf zur Seite, als schlafe

er. Nur sein bleiches, von bläulichen Flecken durchsetztes Gesicht zeigte an, daß hier ein Toter saß.

Ohne viele Worte wurde Mortonson weggeschafft. Und da er keine Hinterbliebenen hatte, wurde er sofort nach der Obduktion eingeäschert. Das völlige Stillschweigen begleitete ihn auch auf dem letzten Weg.

Er war der erste, der durch den Kometen Kohatek starb.

*

Die Kommandozentralen der mit Atomsprengköpfen ausgerüsteten Raketenbatterien hatten Alarm bekommen. Aus den unterirdischen Verstecken, den Bunkern mit den meterdicken Mauern und Decken aus Spezialbeton mit Strahlenschutz, wurden die Wasserstoffbombenköpfe hervorgeholt und zu den Abschußrampen gebracht. Sowohl in Rußland wie in den USA wunderten sich die Raketenfachleute über diese sinnlos scheinende Feuerbereitschaft. Die zuständigen Minister standen in dauernder Telefonverbindung, die Kommandeure der Raketenbatterien hatten zu jeder Minute greifbar zu sein ... in Washington und in Moskau wurde rund um die Uhr gearbeitet ... und gewartet.

Im Weltraumzentrum von Houston wurde gerechnet. Die Computer surrten, klickten und brummten. Man rechnete die günstigste Abschußzeit aus. Es war die einzige und größte Chance, die Erde zu retten ... den Kometen Kohatek in sicherer Entfernung mit Atomraketen zu zersprengen. Es gab dann immer noch einen feurigen Regen, vielleicht würden Millionen Menschen darunter sterben ... aber die Erde als Ganzes blieb erhalten. Es konnte zu keiner Kollision mehr kommen.

»Das ist alles Blödsinn«, sagte an diesem Tage in Nowo Kjusnow der sowjetische Forscher Nikita Mironowitsch Sotow. »Das elektromagnetische Feld rund um die Koma des Kometen läßt gar keine Atomrakete an die Kometenmasse heran. Jede Rakete wird schon vorher an diesem Schild zerplatzen und im All verpuffen!«

Allein schon wegen dieser Meinungsäußerung wurde Prof. Sotow isoliert. Die Militärs waren völlig anderer Meinung. Sie hatten nämlich errechnet, daß ein gewaltiger Gesamtschlag aller Raketenbatterien von Rußland und den USA gegen den Kometen Kohatek diesen im Weltall zerplatzen lassen mußte.

In Bonn konnte man dagegen gar nichts tun als warten. Die deutschen Forscherteams wagten aufgrund ihrer Berechnungen keinerlei Voraussagen. Was Mortonson und Sotow festgestellt hatten, bestätigte sich zwar, aber die Wahrscheinlichkeit, daß der Komet an der Erde vorbeiraste, war ebenso groß wie die Möglichkeit, daß er mit der Erde zusammenstieß. Man wollte sich nicht festlegen.

»Es ist zum Kotzen!« sagte einer der Bonner Minister. »Es ist wie bei den Wettervoraussagen. Genaues weiß man erst, wenn das Wetter vorbei ist.«

In diesen Tagen — aber das fiel niemandem auf, weil keiner darüber nachdachte — machten plötzlich Ministerfrauen aller Nationalitäten mit ihren Kindern Urlaub in Australien. Entweder in teuren Hotels oder auf rasch gemieteten Farmen, und auf australischen Banken tauchten plötzlich — vor allem aus der Schweiz kommend — Milliardenbeträge auf. Die Bankdirektoren fragten bei der australischen Regierung, was denn los sei ... man erhielt die ausweichende Antwort, daß anscheinend das wirtschaftliche Wachstum Australiens viele Geldanleger reizte.

Ein paar hundert Menschen wanderten über die Meere ... die Masse der Menschheit aber lebte ahnungslos dem 5. Januar entgegen.

Erika Pohle flog auch dann nicht nach Australien, als durchsickerte, wer alles seine Sehnsucht nach Känguruhs entdeckt hatte. Sie besuchte weiterhin ihren Mann in der Psychiatrischen Klinik, wo man, in Unwissenheit der wirklichen Lage, Peter Pohle mit Hypnose und durch lange Gespräche aus seiner Psychose hervorlokken wollte.

Es war umsonst. Dr. Pohle sagte nichts.

Nur seiner Frau, die ihn regelmäßig besuchte, vertraute er an, welches Wissen ihn quälte und warum er wollte, daß sie nach Australien flog.

»Es mag stimmen«, antwortete Erika. Peter Pohle saß ihr hohläugig und wie innerlich zerbrochen gegenüber. »Aber ich bleibe bei dir, Peter ...«

»Erika, das ist doch Wahnsinn!« Peter Pohle umklammerte ihre Hände. »Denk an unsere Kinder ...«

»Was sollen sie auf einer leeren Welt, Peter?«

»Das Leben wird wieder bei Null beginnen, aber es beginnt!«

»Nicht ohne dich ...«

»Das ist falsch angewandte Liebe, Erika! Ich werde den 5. Januar in einem Zimmer mit vergitterten Fenstern und Türen ohne Klinke erleben und in ihm untergehen. Aber du und die Kinder — ihr habt noch alle Chancen.«

»Wenn es kommt, wie du sagst, dann hat es keinen Sinn mehr weiterzuleben. Dann bleiben wir bis zum Ende zusammen. Ich werde in der Nacht vom 4. zum 5. Januar bei dir sein, Peter. Ich und die Kinder ...«

Peter Pohle schloß die Augen. Worte hatten keinen

Sinn mehr. Wer konnte denn auch begreifen, daß diese Welt nur noch ein paar Tage zu leben hatte?

Heute war der 31. Dezember.

In wenigen Stunden läuteten die Glocken das neue Jahr ein, knallten Feuerwerkskörper in den Himmel, tanzten, jubelten, tranken, küßten sich die Menschen.

Prosit Neujahr. Ein glückliches neues Jahr!

Bis zum 5. Januar ...

Der Komet Kohatek war jetzt schon mit dem bloßen Auge deutlich sichtbar ... ein leuchtender, großer Punkt mit einem Gasschweif. Neben Sonne und Mond beherrschte er bereits den Erdenhimmel.

Die Amateurfotografen machten schon ihre Fotos, ein Schlager über den Kometen tönte aus den Lautsprechern der Radios, im Fernsehen spielte man einen Sketch: »Wie angele ich mir einen Stern?« Die Menschheit hatte begonnen, die Himmelserscheinung in einen karnevalistischen Rummel zu kleiden.

Und in Rußland und den USA standen die Raketenbatterien schußbereit. Geladen mit Wasserstoffsprengköpfen.

Die Computer rechneten. In ein paar Stunden war die beste Schußzeit. In den Hauptstädten der Welt saßen die Minister hinter verschlossenen Türen und sahen ebenfalls hinauf zum Himmel.

Auch Lil Abbot starrte in den Abend des Silvestertages. Hinter ihr im Bett lag Herp Masters, seit Tagen immer wieder mit Schlaftabletten betäubt. Wenn er zu sich kam, taumelnd, halb noch im Schlaf, sagte Lil zu ihm:

»Liebling, hast du Durst?« Und dann gab sie ihm Grapefruitsaft zu trinken, wieder mit fünf aufgelösten Tabletten darin. Herp schluckte das Getränk hastig, durstig, als brenne er innerlich, und fiel wieder um.

Als um Mitternacht die Glocken das neue Jahr einläuteten und der Komet Kohatek gratis eine Festbeleuchtung gab, saß Lil an Herps Bett, hielt seine schlaffen Hände und weinte bitterlich.

*

1. Januar.

Über den Himmel zog der strahlende Kopf des Kometen Kohatek, hinter sich den gewaltigen flammenden Schweif. Er bedeckte jetzt ein Viertel des Himmels. Die Menschen starrten zu ihm empor, sprachlos, fasziniert von diesem ›Schauspiel, das wahrscheinlich erst in zehn Millionen Jahren wiederkommt‹, wie die Zeitungen schrieben.

Witze wurden darüber gemacht, Karikaturisten zeichneten Bilder, in den Bars und aus den Musikboxen, im Rundfunk und im Fernsehen ertönte der ›Kometen-Swing‹, ein neuer Tanz, Sektierer riefen den Untergang der Welt aus, worüber jeder lachte, die wissenschaftlichen Institute machten ihre Fotos und speicherten ihre Beobachtungen auf Magnetbändern, obgleich sie wußten, daß sie in fünf Tagen keiner mehr auswerten konnte.

Präsident Garrison hatte es übernommen, den Papst zu unterrichten. Mit amerikanischer Deutlichkeit sagte er ihm, daß — falls die morgen einsetzende Kanonade der Atomraketen den Kohatek nicht zerstören konnte — die Welt am 5. Januar zu existieren aufhöre.

Der Papst nahm es gelassen hin . . . er ließ durch Fernschreiben alle Bischöfe wissen, daß in der Nacht zum 5. Januar alle Kirchenglocken läuten und sich die Gläubigen zum Gebet versammeln sollten.

Es war das einzige, was noch übrigblieb: die Kraft zum anständigen Sterben durch den Glauben.

Die Raketenbatterien hatten ihre Berechnungen abgeschlossen. In neun Stunden würden sie in den USA wie in Sowjetrußland mit einem Feuerschlag nie gekannten und bisher auch nie geahnten Ausmaßes den Kometen zu zersprengen suchen.

In Paris war Dr. Cobernet, der bisher immer von seinen »schiefliegenden Kollegen« sprechende Astronom, still geworden. Die Nähe des Kometen an diesem 1. Januar war anders, als er berechnet hatte, die Flugbahn genau so, wie Mortonson und Sotow es erklärt hatten: Eine Masse von eintausend Milliarden Tonnen glühender Substanz fiel sichtbar auf die Erde ... und die Menschen ahnten es nicht, sie glaubten an das Schauspiel, das nur alle zehn Millionen Jahre wiederkommt — — —

In der Psychiatrischen Klinik standen Peter Pohle und seine Frau Erika am vergitterten Fenster und sahen hinauf zu dem vom Kometen beherrschten Himmel. Erika hatte die Zwillinge mitgebracht. Papi besuchen, hatte sie gesagt. Papi ist in einem Haus, in dem er sich von der vielen Arbeit erholen kann. Das verstanden die Kinder.

»Warum hast du dich nicht gerettet?« sagte Pohle leise. »Jetzt ist es zu spät.«

»Wäre es nicht immer zu spät, Peter?« Sie hatten sich umarmt und starrten auf den unvorstellbaren, grandiosschaurigen Tod, der mit jeder Sekunde der Erde 50 Kilometer näher kam. »Auch in Australien gibt es keine Sicherheit. Wenn das da auf die Erde fällt ... Peter ...«

Sie schluckte und lehnte den Kopf an seine Schulter.

»Es wäre eine winzige Chance gewesen, mehr nicht.« Peter Pohle blickte zu seinen Kindern. Sie spielten eben ein neues Abklatschspiel: Mein Komet und dein

Komet ... »Versprich mir eins, Erika«, sagte er mit schwerer Zunge.

»Was, Peter?«

»Warte den 5. Januar nicht ab. Es wird unvorstellbar sein. Die Hitze, die Gaswolke, das Magnetfeld ... gib den Kindern und dir etwas, daß ihr vorher ruhig einschlaft ...«

»Peter ...«

»Bitte ...«

»Und ... und wenn am 5. Januar der Komet *doch* vorbeizieht?«

»Er ist schon jetzt in einer Flugbahn, aus der er nicht mehr ausbrechen kann. Er kommt auf uns zu ... Erika, wir müssen uns damit abfinden. Daß wir nicht verrückt werden, begreife ich nicht. Ich bin ganz ruhig, und du bist die tapferste Frau der Welt.«

Sie nickte, umklammerte ihn und dachte: Wenn du wüßtest, wie es in mir aussieht. Wie nahe ich dem Irrsinn bin! Bei jedem Blick auf die Kinder könnte ich aufschreien, so laut schreien, daß der Komet davon zerplatzen müßte!

Die Tür klappte. Der Chefarzt und seine beiden Oberärzte waren eingetreten. Sie blieben an der Tür stehen. Durch das Fenster fiel der Widerschein des riesigen Kometenschweifes.

»Wie wird es weitergehen, Herr Pohle?« fragte der Chefarzt. Seine Stimme klang rostig und brüchig.

»Sie fragen mich?« Peter Pohle lachte rauh. »Ich bin doch ein Verrückter — — —«

»Auch Psychiater können sich irren.«

»Wie alle Ärzte geben sie den Irrtum zu spät zu.« Peter Pohle zeigte aus dem Fenster. »Fragen Sie Kohatek, meine Herren!«

»Kollidiert er mit der Erde? Das interessiert uns.«

»Was könnten Sie daran ändern, meine Herren?«

»Nichts. Nur ...« Einer der Oberärzte riß seinen Hemdkragen auf, ihm war plötzlich glühend heiß geworden. »Der Gedanke, daß ...«

»Ein Weltuntergang ist immer unbegreiflich«, sagte Pohle langsam. »Selbst für einen Nervenarzt.«

»Ich habe vier Kinder ...«

»Es gibt auf der Welt 600 Millionen Kinder, die nicht überleben werden.«

»Also stürzt der Komet auf die Erde?!« schrie der Chefarzt.

»Ich weiß es nicht. Ich sitze ja hier in einem Zimmer mit vergitterten Fenstern und Türen ohne Klinken, weil ich das behauptet habe. Jetzt, meine Herren Doktoren, ist mir das alles gleichgültig. Die wenigen Tage noch ...«

Er nahm seine Kinder und drückte sie an sich. Erika begann lautlos zu schluchzen. Die Zwillinge blickten erstaunt ihre Eltern an und lächelten verschämt. Mami weint. Warum denn? Und auch dem Papi kommen die Tränen aus den Augen. Was ist denn los?

»Wann?« fragte der eine Oberarzt rauh. »Pohle, wann? Sie wissen doch das genaue Datum ...«

»Es nützt Ihnen nichts mehr!«

»Wir können doch nicht einfach untergehen!« schrie der andere Oberarzt. »Wir können doch nicht ...«

»Wir können!« Peter Pohle nickte schwer. »Den Zusammenprall werden Sie allerdings nicht mehr erleben ... vorher werden Sie bei 190 Grad Hitze gekocht und von Giftgaswolken erstickt werden ...«

»Und warum weiß das keiner?« stammelte der Chefarzt tonlos. »Warum hat man das alles verschwiegen?«

»Hätte man es geglaubt?« Peter Pohle lachte wieder, obgleich ihm noch immer die Tränen aus den Augen rollten. »Wenn ich zu Ihnen vor drei Wochen gesagt hätte...« Er machte eine resignierende Handbewegung. »Ich war ja schon hier, wo ich nach Ihrer Meinung hingehörte. Und da war die Katastrophe schon klar erkennbar. Trotzdem... Es ist ein Segen, daß die Menschheit es nicht weiß. Hemmungslose Anarchie würde jetzt herrschen, jeder würde jeden umbringen, jegliche Ordnung wäre dahin. Es würden jetzt Schlachten stattfinden um die Transportmittel zum sogenannten ›Gegenpol der Ereignisse‹... zur anderen Erdhälfte, zum Beispiel Australien.«

»Es gibt also eine Rettung?« schrie einer der Oberärzte auf.

»Nicht mehr, Doktor.« Peter Pohle schüttelte den Kopf. »Der Einschlag von 1000 Milliarden Tonnen Kometenmasse auf die Erde zersprengt sie völlig! Zentraleuropa ist der Aufschlagpunkt... und dann platzt die Welt auseinander wie ein gespaltener Holzscheit...«

»Sie können hingehen, wohin Sie wollen...«, sagte der Chefarzt tonlos. »Alle Türen stehen Ihnen offen, Herr Pohle.«

»Ich bin nicht mehr verrückt?«

»Nein...«

»Zu spät.« Peter Pohle wandte sich ab zum Fenster. Der Komet stand am Himmel in einer Schönheit, die ergreifend war. »Jetzt möchte ich wahnsinnig sein. Nur so läßt sich das noch ertragen, was kommen wird...«

*

Eine Viertelstunde nur war Lil Abbot unvorsichtig gewesen. Sie war aus dem Zimmer gegangen, um unten in der verkommenen Hotelhalle ein paar Zeitungen zu holen. In Hack's Hotel gab es sonst keinen Luxus — aber einen Zeitungsstand und einen Getränkeautomaten mit kalten Getränken hatte man doch für die Gäste aufgestellt. Das sparte den Zimmerservice ein ... wer etwas trinken wollte, fuhr runter in die Halle und zog sein Getränk ... Coca, Orangensaft, Sodawasser und Grapefruit-Juice.

Als Lil, wieder oben angelangt, die Zimmertür aufdrückte, sah sie sofort, daß Herp Masters fort war. Er mußte in den letzten Stunden den Schlafenden nur gespielt und auf eine Gelegenheit gewartet haben, um ausbrechen zu können. Den Weg, den er genommen hatte, ahnte Lil ... zum obersten Stockwerk, dann mit dem Personalfahrstuhl herunter in den Keller und durch die Garagen ins Freie. Es war sinnlos, ihm zu folgen.

Sie trat ans Fenster, starrte auf den wie greifbar nahen Kometen, der aber noch Hunderte von Millionen Kilometer entfernt war, und faltete die Hände.

»Gott, gib mir Kraft!« sagte sie leise. »Gib mir die Kraft, keine Angst zu haben. Laß mich tapfer sterben.«

Aber während sie es sagte, wußte sie, daß die Angst sie auffressen würde; sterben zu müssen mit klarem Kopf, wo man so am Leben hing, unabänderlich sterben zu müssen mit wissenden Augen ... das ist der schrecklichste Tod.

Herp Masters rannte unterdessen durch die Straßen. Er sah die Menschen an ... sie gingen dahin, als sei der glühende Feuerball am Himmel das Selbstverständlichste von der Welt. Die Autoschlangen wälzten sich durch die Häuserschluchten, die U-Bahnen rasselten unter dem Pflaster, die Leuchtreklamen zuckten und flimmerten, in den Bars ertönte Musik, wurde getanzt, gelacht, geflirtet, an den Straßenecken pendelten die Huren hin und her und winkten den Autofahrern mit ihren Handtäschchen, in den Drugstores stauten sich die Menschen, die Buden mit den Würstchen und Hamburgers waren umlagert . . . ein kalter Tag in New York, an dem ein heißer Bissen guttat.

Herp Masters griff sich an den Kopf, starrte die feurige Erscheinung am Himmel an und begriff die Gleichgültigkeit der Menschen nicht. Die Zeitungen waren voll vom Kometen Kohatek — aber was sie schrieben, war eine Massierung von Lügen. Der einzige wahre Satz fehlte: Die Erde wird untergehen!

Masters blieb vor einer der Huren stehen und sah sie an. »Bist du blind? « fragte er sie. Seine Stimme flog vor Erregung.

»Wenn du's gern hast und zehn Dollar extra ausspuckst, spiel ich dir auch 'ne Blinde —«, sagte die Dirne gleichmütig.

»Da oben!« Masters zeigte nach oben. »Ihr Idioten! Die Welt wird untergehen!«

»Für fünfzig Dollar, Süßer, spiel ich dir einen Weltuntergang, daß du eine Stunde zerstört auf der Schnauze liegst«, sagte das Mädchen. »Bist wohl 'n schön perverser Bursche, was? «

»Der Komet!« brüllte Herp.

»Den kannste bei mir im Bett haben — — —« Die Hure lachte rauh. »Sag bloß, du hast auch so 'nen feurigen Schwanz . . .«

Herp Masters rannte weiter. Ein paarmal hielt er willkürlich Menschen an, zeigte in den Himmel und rief: »Wissen Sie nicht, daß die Welt untergeht? Am 5. Januar? !«

Ein paar lachten ihn aus, einer gab ihm einen Stoß, daß er gegen die Hauswand prallte, zwei andere sagten: »Am 5. Januar? Verdammt, da muß ich noch ein paar Whiskys trinken ...« Eine alte Dame machte einen Polizisten auf Herp aufmerksam ... es hatte keinen Sinn, mit den Menschen zu reden. Herp Masters rannte weiter, hielt eine Taxe an und ließ sich zu der Redaktion der kleinen Zeitung ›New York Evening‹ fahren. Dort saß Herps alter Freund Joe Bitter, ein ausgesprochen fetter Mensch, der immer nur fressend anzutreffen war und der auch jetzt an einem Steak kaute, als Masters durch die Milchglastür kam.

»Junge, wie siehst du aus?« rief Joe und aß weiter. »So erkennt dich das FBI bestimmt nicht! Setz dich. Was hast du Idiot ausgefressen, daß du die Nummer 1 bist? Hast du Garrison Pfeffer ins Loch geblasen?«

»Joe, stell dein verdammtes Steak weg –«, sagte Herp heiser. »Wir haben heute den 1. Januar. Von jetzt ab ist sowieso alles egal! Mach eine rote Titelseite, Joe. Am 5. Januar stößt der Komet mit der Erde zusammen ... hier ist das Beweismaterial. Deshalb suchen sie mich! Ich soll mundtot gemacht werden.«

Joe Bitter unterbrach sein Kauen. Die kleinen Augen in dem riesigen fetten Gesicht wurden starr.

»Ist das wahr, Herpi?« fragte er leise.

»Ja, zum Teufel.«

»In vier Tagen?«

»Ja.«

»Die ganze Welt ... bum, futsch?!«

»Ja!«

»Ich bring's.« Joe drückte auf alle Knöpfe, die am Sprechapparat auf seinem Schreibtisch blinkten. »Verdammt, ich bring's, Herpi!« Er sprang auf, rollte ans

Fenster und blickte hinauf zu dem Kometen. »Und bis zum 5. freß ich mich tot! Aber wenn ich am 6. Januar noch da bin, bring ich dich um, Junge ...«

*

Eine knappe halbe Stunde brauchte Herp Masters, um seinen großen, den größten Bericht seines Lebens zu schreiben. Er hockte hinter der elektrischen Schreibmaschine und wunderte sich selbst, wie schnell seine Finger über die Tasten gleiten konnten und wie ungeheuer das Klappern in den Ohren dröhnte.

Er schrieb wie in einem Zustand der Hypnose ... Joe Bitter, der voller Nachdenklichkeit ein paarmal über Herpis Schulter blickte und einige Zeilen vorweg las, zog sich schnell wieder zurück, als Masters gereizt wie eine Dogge zu knurren begann.

»Schon gut«, sagte Joe. »Schon gut! Ich habe die Maschine abstellen lassen. Wir wechseln die erste Form aus. Großer Balken auf der Titelseite. Hast du schon jemals eine Titelseite gehabt, Herpi?!«

»Halt's Maul!« sagte Masters und hämmerte weiter. »Joe, halt dein verfluchtes Maul. Ich schreibe mir die Seele aus dem Leib.«

»Man wird uns lynchen, Herpi!«

Masters blickte kurz hoch. »Es ist vielleicht wirklich die letzte Nummer des ›New York Evening‹, Joe. Aber was für eine Nummer!«

»Willst du mich ruinieren?« schrie Bitter.

»Red keinen Blödsinn ... vier Tage vor dem Weltuntergang ...« Herp starrte auf die Zeilen in der Schreibmaschine. »Da kann man nichts mehr ruinieren. Die

Flutwelle des Atlantik wird mehr als zweihundert Meter hoch über New York hinwegdonnern . . .«

»Dann sause ich morgen ab in die Rocky Mountains . . .«

»Auch da kriegt es dich, Joe. Die Radioaktivität . . .«

»Was für eine . . .? « Joe Bitter blickte Masters entsetzt an. Herp winkte ab.

»Lies den Artikel. Laß mich jetzt allein, Dicker! In zehn Minuten bin ich fertig . . .«

Er beugte sich wieder über die Tasten, das maschinengewehrähnliche Knattern klang wieder auf. Joe Bitter ging zurück in den Maschinensaal, stellte sich neben die alte Rotationsmaschine und bot — was verboten war — dem Meister eine Zigarette an. An den Glaszwischenwänden zur Setzerei und zur Formgießerei klebten die Gesichter der anderen Mitarbeiter. Der Chef hatte die Maschine angehalten . . . gab's eine knallige Sensation? War jemand entführt oder ermordet worden?

»Dickes Ei? « fragte der Meister und rauchte die Zigarette an. Früher hatte Joe immer getobt, wenn er nur einen Hauch von Tabakrauch im Maschinensaal gerochen hatte.

»Ziemlich.« Joe Bitter schwitzte. »Der Komet.«

»Das Ding da am Himmel? Alter Hut, Chef.«

»Er fällt auf die Erde.«

»Blödsinn.«

»Am 5. Januar.«

»Soll'n wir 'ne Witzseite machen? Als Aufmacher? Mal was Neues. Vielleicht kommt's an . . .«

Joe Bitter ließ den Mann stehen und ging wieder hinüber in sein Büro. Dort hing Masters über der Schreibmaschine, als zöge ihn ein riesiger Magnet in die Tasten hinein.

»Aufhören!« bellte Bitter. »Schade um Papier und Farbband. Alles wird über uns lachen!«

»Bis es kracht.«

»Bis dahin sind wir totgelacht, Herp! Verdammt, man kann der Menschheit einfach nicht verkaufen, daß sie an einem genau bestimmten Tag untergeht. Das läuft einfach nicht!«

»Wenn die Sache ein Reinfall wird, kannst du mich aufhängen, Joe«, sagte Masters mit bitterem Ernst. »Oder besser ... du darfst dabei sein, wenn ich mich selbst umbringe.«

Joe Bitter hob die breiten Schultern, zog sich hinter seinen Schreibtisch zurück und wartete ab.

Noch drei Minuten, dachte er. So lange sehe ich mir an, wie der Irre in die Tasten haut. Dann nehme ich ihn und schmeiße ihn wie eine faule Apfelsine im Hof zwischen die Mülltonnen. Noch habe ich die Wahl: Mach ich diese Sensation, und sie ist wahr, dann gehören die letzten vier Tage der Erde mir und dem ›New York Evening‹ ... oder ich lasse es, spiele tote Fliege und schlage Herpi aufs Hirn. An die Möglichkeit drei — die größte Blamage in der Geschichte der Presse — wage ich gar nicht zu denken ...

»Wie lange noch?« fragte Bitter dumpf.

»Noch zehn Zeilen ...«

»Meine Jungs werden sich totlachen, Herpi.«

»Das ist besser, als vom Kohatek zerfetzt zu werden ...«

*

Lil Abbot hatte lange mit sich gerungen. Was sie dachte, war ein Verrat an Herp, aber er war notwendig, wenn man an die ganze Menschheit dachte. Herps Besessenheit begann ihr jetzt unheimlich zu werden. Irgend etwas in seinem Kopf schien zerbrochen zu sein, eine Art Sicherung mußte durchgebrannt sein ... er war nicht mehr der fröhliche, unbekümmerte, immer optimistische Junge, dem es nichts ausmachte, als Reporter im Schatten der Großen seines Fachs zu stehen, die durchaus nicht besser schrieben als er, aber die überallhin ihre Drähte hatten und mit genau den Menschen auf du und du standen, die wichtig waren.

Was von diesem Herpi übriggeblieben war, schienen nur noch seine Augen zu sein ... alles andere war ihr fremd geworden wie die Maskerade, in die er sich geflüchtet hatte. Es war, als habe der Komet Kohatek in Masters sein erstes Opfer gefunden. Vom Tode Mortonsons wußte ja noch keiner.

Lil ging zur nächsten Telefonzelle und wählte die Nummer des New Yorker FBI. Es meldet sich die Telefonzentrale, die sie weiterreichte zu einer Männerstimme, die gar nicht so klang, wie man es vom Film her von einem FBI-Beamten gewohnt war. Eine nüchterne, etwas langweilige Stimme.

»Hören Sie —«, sagte Lil. Ihr Atem flog, die innere Erregung erstickte sie fast. »Ich bin die Braut von Herp Masters. Ihre Nummer 1 auf der Liste. Herpi war bis vor einer Stunde bei mir, ich habe ihn festgehalten. Aber jetzt ist er mir entwischt. Ich weiß, was er vorhat, deshalb rufe ich an. Sie müssen ihn finden, Sir ... wenn er die Möglichkeit hat, das zu veröffentlichen, was er weiß, dann ...«

»Moment, Miß«, sagte die langweilige Stimme. »Ich verstehe nur Bahnhof. Das ist Sache vom Chef. Ich stelle durch. Moment ...«

Ein paarmal Knacken, dann eine energische, hellere Stimme: »Ja? Was ist? Sie wissen wo Masters ist?«

»Ich weiß nicht, wo er ist.« Plötzlich begann Lil zu weinen. Sie lehnte sich an die Glaswand der Telefonzelle und hatte Mühe, den Hörer an ihre Lippen zu halten. »Ich weiß nur, daß es ein Unglück gibt, ein fürchterliches Unglück, wenn Herpi seinen Plan wahrmacht. Sie wissen, was er will, Sir?«

»Ja — — —«, sagte die Stimme klar. »Können Sie zu uns kommen? Oder sollen wir Sie irgendwo abholen?«

»Ich komme —«, sagte Lil schwach. »Ich . . . ich habe solche Angst — — — «

*

In den Kommandostellen der strategischen Raketenbatterien läuteten die Telefone. Die Kommandeure gaben Alarm. Langsam öffneten sich die Stahlklappen, die unterirdischen Abschußrampen fuhren nach oben. Riesig glänzten die Interkontinental-Raketen mit den Atomsprengköpfen im Abendlicht. Zur gleichen Minute — über Funk mit den USA abgestimmt — wurden auch die sowjetischen Atomraketen abschußbereit gemacht. Prof. Sotow in Nowo Kjusnow hatte die genauen Berechnungen durchgegeben — sie stimmten mit den in Mount Hillary ermittelten Daten überein. In der Nacht, genau um 3.19 Uhr, war der Komet Kohatek in der Schußbahn der Raketen. Man konnte ihn jetzt erreichen. Einige wenige isolierte Wissenschaftler und Militärs saßen an den Schaltpulten. Voroucov und Garrison waren direkt mit den Kommandostellen verbunden. Ein Riesenteleskop mit Fernsehkamera sollte die Zerstörung des Kometen filmen.

»Eine Atomrakete allein nutzt gar nichts«, sagte der wissenschaftliche Berater des Präsidenten, als man vor dem großen Fernsehschirm Platz nahm. »Aber wenn die geballte Feuerkraft auf ihn trifft, muß das eine Wirkung zeigen. Wir wissen noch nicht, wie viele Raketenbatterien die Russen haben, aber danach werden wir es wissen. Denn sie werden — wie wir — alle Batterien einsetzen. Schließlich geht es um die Erhaltung der ganzen Welt. Da hören alle Geheimnisse auf.«

An diesem Abend wurden in Berlin zwei Theaterstükke uraufgeführt, in New York eine neue Show, in Paris sang Gilbert Bécaud, in Köln brüllte man über deftige Witze in einer Herrensitzung der Großen Kölner Karnevalsgesellschaft. In London war undurchdringlicher Nebel, in Italien warnten die Gewerkschaften vor dem ersten Streik im neuen Jahr. Überall auf der Welt floß das herrliche und verfluchte Leben weiter, hungerte und fraß, liebte und starb man, und nur ganz wenige kümmerten sich um das strahlende Gebilde am Himmel. In Afrika und Asien, in Südamerika und in der Südsee wußten die Menschen überhaupt nicht, daß ein Komet in das Sonnensystem geraten war, zu dem auch die Erde gehörte.

Fast 2 Milliarden Menschen würden am 5. Januar sterben, ohne den Grund zu kennen. Die anderen Millionen kannten zwar den Namen des Unglücksbringers — aber dieser geringe Vorteil rettete auch sie nicht mehr.

Die Raketenbatterien standen schußbereit. Die Atomsprengköpfe waren scharfgemacht worden ... der Möglichkeit, sich mit einem Feuerschlag selbst zu vernichten, war die Menschheit noch nie so nahe gewesen wie jetzt an diesem Abend.

»Der Gedanke, daß die Russen jetzt nicht zum Kometen, sondern auf die USA schießen könnten, ist faszinierend«, sagte einer der Generäle in Garrisons Umgebung. »Oder umgekehrt — — — Ein Feuerschlag, und die Weltpolitik wäre einheitlich . . .«

»Für vier Tage, welch eine Idiotie!« sagte Messanger heiser. Er sah nervös auf seine Uhr. »Wenn ich nicht an die Wissenschaft glauben würde, käme ich mir vor wie in einem utopischen Fernsehspiel . . .«

Im Hauptquartier des FBI von New York beschrieb unterdessen Lil Abbot, wie sich Herp Masters verändert hatte, was er anhatte, wie sein Gesicht unter der Perükke und der dummen Brille aussah. Ein Polizeizeichner fertigte danach ein Bild an, bis Lil erschöpft sagte:

»Ja, so ähnlich sieht Herp jetzt aus. Ja, das ist er.«

Dann bekam sie einen großen Whisky zu trinken, weinte wieder, und jeder der harten Männer um sie herum konnte sie verstehen.

*

In der Psychiatrischen Klinik hatten sich für Peter Pohle die Türen ohne Klinken geöffnet. Er war frei, konnte hingehen, wohin er wollte, aber er blieb in seinem kleinen Zimmer, saß mit Erika und den Zwillingen auf seinem Bett und half den Kindern, ein Bauerndorf mit Kühen, Schafen, Schweinen und Hühnern aus Holzklötzchen aufzubauen.

Die Ärzte standen nun selbst unter Arrest. Die Telefone der Klinik waren nämlich abgehört worden, und weil der Chefarzt seiner Frau mitteilen wollte, daß der Komet Kohatek die Erde rammen würde, war das Gespräch schon im Ansatz unterbrochen worden, und der ›Plan Stern‹ trat in Kraft. Beamte einer Sonderkommission, die selbst nicht wußten, was das alles sollte, mußten die Ärzte im Ärztekasino isolieren.

»Sie können uns hier nicht bis zum 5. Januar festhalten!« rief der Chefarzt. »Es ist makaber, das in diesen Räumen zu sagen — aber das ist Idiotie! Wie wollen Sie unseren Frauen erklären, daß wir nicht nach Hause kommen?! Hier ist der gedankliche Knoten! Sie wollen Unruhe unterdrücken und schaffen nur noch mehr Unruhe. Wie wollen Sie ...«

»Ihre Damen sind bereits unterrichtet —«, sagte einer der Herren von der Sonderkommission. »Herr Regierungsrat Dr. Schmeltzer hat das übernommen. Was er allerdings an Erklärungen abgegeben hat, das weiß ich nicht. Staatliche Geheimniskrämerei aber wird ja immer geschluckt, selbst von Ehefrauen ...«

»Wir sollen hier also herumsitzen, bis uns der Komet auf den Kopf fällt?« sagte der eine Oberarzt verkrampft. »Mein Herr, das ist zuviel verlangt.«

»Wollen Sie ausbrechen, Doktor?« fragte der Sonderbeamte. »Wollen Sie sich gemeingefährlicher benehmen als Ihre Geisteskranken?!«

»Warten Sie es ab!« Der Oberarzt stierte zum Fester. Es war nicht vergittert, es war ja das Ärztekasino. »Sie werden sich wundern, wie sich die Welt in vier Tagen verändern kann ...«

*

Es gibt Fragen, auf die man ganz selbstverständlich eine dumme Antwort erhält. Wer bei 20 Grad Kälte etwa fragt: »Ist es kalt?«, wird nie zu hören bekommen: »Nein, es ist warm!«, sondern höchstens: »Ich habe rote Ohren vor Begeisterung.«

Nicht anders dachte der Beamte der Sonderkommission, als er fragte: »Was ist in vier Tagen?« und der Oberarzt schwer atmend antwortete: »Dann geht die Welt unter«.

Natürlich, dachte der Beamte. Irrenärzte. Mit der Zeit gleichen sie sich ihren Patienten an. Er setzte sich beleidigt von den Ärzten entfernt an einen Tisch, trank eine Tasse heißen Kaffee, den man aus einer großen Kaffeemaschine zapfte, und rauchte wortlos einen Zigarillo. Als das Telefon summte, ging er zur Theke und nahm den Hörer ab.

»Alles in Ordnung«, sagte er dann zu den aufblickenden Ärzten. »Ihre Damen sind verständigt. Sie haben es gelassener aufgenommen als Sie, meine Herren.«

»Das ist eine verdammte Schweinerei!« schrie der Chefarzt. »Uns in dieser Situation von den Familien zu trennen! Ich verlange sofort meinen Anwalt!«

»Wir haben die Anweisung, keinen Kontakt zu Ihnen herzustellen.« Der Beamte hob die Schultern. Man nahm es ihm ab, daß er völlig ahnungslos war. »Warum? Fragen Sie micht nicht. Ich weiß es nicht.«

»Ich kann es Ihnen sagen!« bellte der II. Oberarzt. »Aber Sie halten uns ja für verrückt! Fragen Sie Dr. Pohle auf Zimmer Nr. 14.« Er sprang auf und lief unruhig hin und her. »Wie lange will die Regierung das geheimhalten? So etwas kann man doch nicht verschweigen! Ich sage Ihnen noch einmal: Der Komet, den Sie am Himmel sehen, wird mit der Erde zusammenstoßen!«

»Blödsinn!« Der Beamte umklammerte seine Kaffeetasse. Er machte ein böses Gesicht, aber man sah deutlich, wie er innerlich zu frieren begann.

*

Morgens um sechs Uhr wurden die ersten Exemplare des ›New York Evening‹ ausgetragen. Joe Bitter hatte hundert Arbeitslose eingestellt, um die Zeitungen in den Straßen auszurufen. Zum erstenmal seit dem Bestehen des ›Evening‹ hatte er 100 000 Exemplare drucken lassen und die Balkenüberschrift in Rot dazugegeben.

Herp Masters war geschafft ... hohläugig, bleich, total erschöpft hing er auf seinem Stuhl, nachdem er seinen Artikel geschrieben hatte. Joe Bitter, der das Manuskript durchlas, bevor er es zur Setzmaschine trug, lehnte sich an die Wand und starrte nach jeder fünften Zeile zu Herp hinüber.

»Stimmt das alles?« fragte er tonlos.

»Jedes Wort.«

»Das ist eine Katastrophe.«

»Du merkst auch alles.«

»Mein Gott, was kann man dagegen tun, Herpi?«

»Nichts.«

»Aber ich will nicht am 5. Januar sterben.«

»Die ganze Menschheit will das nicht, aber sie wird und muß!«

»Nach diesem Artikel wird es Selbstmorde hageln.«

»Solche Menschen sind besser dran als die, die in diesem Inferno mit offenen Augen untergehen müssen.«

»Und du? Was willst du tun, Herpi?«

»Nichts. Ich will den Kometen auf die Erde stürzen sehen.«

»Ich nicht.« Joe Bitter krallte die Finger in das Manuskriptpapier. »Wenn die Nummer raus ist, haue ich ab in die Rocky Mountains. Komm mit, Herpi! Verdammt, und wenn ganz Europa verschwindet ... in den Rockys haben wir noch 'ne Chance! Wo steht, daß die ganze Erde auseinanderplatzt?«

»Nord- und Südpol werden schmelzen, Mitteleuropa wird ein einziger Vulkan sein, ein Krater mit einem

Durchmesser von 1500 Kilometern, aus dem das feuerflüssige Erdinnere quillt! Das willst du überleben?!«

»Herpi! Du bist der Satan in Person!«

»Ich nicht.« Masters zeigte nach oben. »Der Komet! Wir müssen uns damit abfinden.«

Die Setzer, Gießer und Drucker lasen die große Sensation, die Masters geschrieben hatte, und lachten, bevor die alte Maschine erneut zu laufen begann und die Zeitungen mit der neuen Titelseite ausspuckte.

»Der Alte hat'n Knall!« sagte der Meister und faltete den Andruck auseinander. Er drückte auf den Knopf, die Maschine brüllte auf, zitterte in allen Fugen und begann, auf vollen Touren zu donnern. »Aber das ist sein Bier! Wenn er unbedingt lächerlich werden will. Leute, wird Zeit, uns einen neuen Job zu suchen. Nach dieser Nummer ist der ›Evening‹ tot!«

Joe Bitter verließ seinen Verlag eine Viertelstunde später, packte einen Koffer, lud Lebensmittel und Frischwasserkanister in seinen Stationswagen, mit dem er sonst immer zum Angeln fuhr, und setzte sich ab. Auch Geld nahm er mit ... im Tresor lagen 45 000 Dollar, von denen vor allem die Steuer nichts wußte. Noch einmal stieß er Herp Masters an, der mit leeren Augen vor sich hinstierte.

»Komm mit, Idiot!«

»Ich muß erst Lil holen.«

»Dazu haben wir keine Zeit mehr. In drei Stunden wälzt sich eine Autokolonne in die Berge — da müssen wir schon weit genug weg sein.«

»Ich gehe nicht ohne Lil.«

»Dann grüß mir deinen Kohatek!« schrie Bitter. Er rannte hinaus und warf die Tür hinter sich zu. Herp Masters rauchte noch eine Zigarette, trank zwei Gläser von Joes Whisky und verließ dann ebenfalls das Gebäude des ›New York Evening‹.

Langsam bummelte er durch die Straßen, erreichte Hack's Hotel und fand das kleine, muffige Zimmer verlassen. Er warf sich auf das Bett und verschränkte die Arme hinter dem Nacken.

Jetzt war alles getan, was man tun konnte... was blieb, war eine schreckliche Leere. Das ist so ein Augenblick, in dem man sich mit Freuden umbringen könnte, dachte er. Es gibt auf dieser Welt nichts mehr für mich. Jedes Weiterleben hat keinen Sinn. Über uns rast die Vernichtung heran — in einer Stunde weiß es jeder. Warum ist Lil jetzt nicht da? Warum bin ich jetzt allein?

Lil, ich brauche dich! Jetzt fange auch ich an, Angst zu bekommen.

*

Polizei, FBI und CIA konnten nicht mehr verhindern, daß der ›New York Evening‹ von 130 Verkäufern auf den Straßen ausgerufen wurde. Man riß den Verkäufern die Blätter aus der Hand, las die dicke Balkenüberschrift und — lachte. Aber die Zeitung verkaufte sich wie mit Honig beschmierte Gratisbrötchen ... schon nach einer halben Stunde war die Auflage vergriffen, und der Chef vom Dienst ließ auf eigene Verantwortung die Maschine weiterlaufen. Joe Bitter war nirgends zu erreichen.

»Da sage einer, die Menschen seien humorlos geworden!« schrie der Maschinenmeister. »Die kaufen den Quatsch wirklich! Los, Jungs, alle Rollen herbei! Wir drucken, bis der alte Kasten auseinanderfällt!«

Die erste Nummer des ›Evening‹, die beim FBI landete, löste dort Großalarm aus. Die Polizei schlug sofort zu. Die Verkäufer wurden mitsamt ihren neuen Zeitungspacken kassiert und auf die Reviere gebracht, drei Einsatzwagen jagten mit heulender Sirene zum Verlagsgebäude und besetzten es, stellten die Maschine ab und vernichteten die Druckformen. Das gesamte Personal des ›Evening‹ kam unter Arrest.

»Und alles wegen so 'nem Blödsinn?« schrie der Meister. »Das ist doch 'n Witz, ihr Bullen! Versteht ihr denn keinen Witz mehr?«

Aber dann, als Beamte des FBI erschienen und jeden verhörten, vor allem nach Herp Masters und Joe Bitter fragten und sehr ernst waren, dämmerte es auch den Männern vom ›Evening‹.

»Stimmt das denn?« stotterte einer der Setzer verwirrt. »Leute, macht keinen Quatsch! Das kann doch nicht wirklich die Wahrheit sein?! Das gibt es doch nicht . . .«

»Er hat es also doch geschafft —«, sagte im FBI-Hauptquartier der Chef der Sektion New York zu Lil Abbot. »Nun kommt es darauf an, wie die Menschen darauf reagieren. Dementieren hat keinen Sinn . . . jedes Dementi erzeugt nur Verdacht. Darin haben die Leute jetzt Übung: Alles, was die Regierung energisch dementiert, ist irgendwie wahr.«

Er wartete auf die ersten Berichte von draußen. Sie kamen schnell herein und waren Erfolgsmeldungen. Alle Verkäufer verhaftet, die Auflage — soweit noch erreichbar — vernichtet. Aber der erste Schwung war schon verkauft.

»Es sind genau 120 000 Zeitungen unter die Leute gekommen«, sagte der FBI-Chef. »Die meisten haben sich amüsiert. Aber wenn von 120 000 nur 1000 Herps Artikel glauben, ist das die Auslösung einer allgemeinen Panik. Und es werden ihm mehr als Tausend glauben — — —«

»Und . . . und in Europa, das es treffen soll, weiß man es noch nicht?« fragte Lil leise.

»Dort ist es noch still, nach den letzten Meldungen. Die Eingeweihten sind isoliert. Aber ich bin sicher, daß jetzt Herps Artikel in die ganze Welt gefunkt wird.« Der Chef des FBI hob beide Hände — eine Geste der Kapitulation. »Wir können nichts mehr aufhalten, wenn die Menschheit nicht von sich aus vernünftig reagiert.«

»Sie glauben nicht an den Untergang der Welt?«

»Nein!«

»Und warum nicht? Bei den wissenschaftlichen Beweisen?«

»Ich habe keine Erklärung dafür.« Der FBI-Chef setzte sich und warf die druckfrische Zeitung zusammengeknüllt in den Papierkorb. »Irgend etwas in mir sträubt sich einfach dagegen. Vielleicht ist es nur der Wille zum Leben — — —«

*

Im Weißen Haus in Washington, wo man die Vorbereitungen zum Einsatz der Atomraketen, die den Kometen Kohatek außerhalb der Erdnähe vernichten sollten, gespannt verfolgte, platzte die Nachricht von dem Erscheinen des ›New York Evening‹ wie ein Rohrkrepierer. Messanger ließ sich sofort mit dem FBI verbinden, brüllte die verdatterten Beamten an und gab Garrisons Befehl weiter, im Falle einer ausbrechenden Panik durch Einsatz aller Massenmedien eine Beruhigung herbeizuführen. Vor allem sollten im Fernsehen alle Kommentatoren und Ansager den Artikel des ›Evening‹ lächerlich machen . . . Witz tötet am schnellsten, das war eine hier anzuwendende Weisheit.

Die Polizei und die Nationalgarde bekamen den Befehl, sofort zu schießen, wenn es zu Plünderungen kommen sollte. Ebenfalls wurden alle Garnisonen in Alarmzustand versetzt. Alle Ausfallstraßen wurden verstärkt kontrolliert, eine Massenflucht aus den Städten mußte unter allen Umständen vermieden werden.

»Es kommt zu keinem Zusammenstoß mit der Erde!« rief Messanger erregt. »Wir haben die nötigen Maßnahmen eingeleitet. In 36 Stunden ist alles vergessen!«

Von den Kommandostellen der Atomraketenbatterien wurde die Schußbereitschaft gemeldet. Aus Rußland kam über den ›heißen Draht‹ die gleiche Nachricht: Alles bereit.

Noch einmal wurden die Uhren verglichen. Die Computer spuckten weiter Zahlen aus.

Noch eine Stunde und neunundzwanzig Minuten bis zum großen Feuerschlag.

»Wir fegen diesen dämlichen Kometen vom Himmel«, sagte einer der Generäle aus Garrisons Umgebung. »Es besteht überhaupt keine Gefahr. Die radioaktiven Wolken bleiben im Weltall wie der zerstaubte Kohatek.«

Und irgendeiner sagte im Hintergrund leise:

»Das sollte ein Tag sein, an dem die Menschheit endlich erkennt, daß sie füreinander arbeiten sollte und jedes nationale Interesse ein Verbrechen an der Gesamtheit ist . . . Was ist sie denn: ›Unsere Welt‹? Das wird hoffentlich jetzt endlich allen klar.«

*

»Wie wollen wir sterben?« fragte Peter Pohle seine Frau.

Die Zwillinge schliefen in seinem Anstaltsbett, müde vom Spielen, nichts wissend von dem, was um sie herum geschah.

»Sterben?« sagte Erika dumpf. »Peter . . .«

»Ich lasse die Kinder und dich nicht erleben, wie der

Kohatek auf die Erde fällt. Diese Stunden werden alles übertreffen, was man sonst über die Hölle geschrieben hat. Ihr ... ihr müßt das alles vorher überstanden haben.«

»Ich bleibe bis zuletzt bei dir, Peter«, sagte Erika fest. »Darüber gibt es gar keine Diskussion.«

»Und die Kinder?« Er umklammerte ihre Hände und spürte, wie eiskalt sie waren. »Erika, sollen sie verbrennen und ersticken?« Er hob ihre Hände an seine zitternden Lippen und küßte sie. »Erika, wir müssen irgend etwas heranschaffen, um sie sanft einzuschläfern. Ich weiß, wo die Klinikapotheke liegt. Wir müssen versuchen, aus ihr eine sichere Menge Schlafmittel zu holen. Starr mich nicht so an, Erika ... jetzt können wir noch handeln. Wenn erst der ganze Himmel brennt, sind wir alle wahnsinnig ...«

*

Es war unmöglich, auf normalem Wege an die Apotheke heranzukommen. Vor Peter Pohles Zimmer saß ein freundlicher Polizeibeamter, der sich sofort erhob, als Pohle heraustrat.

»Wohin?« fragte er höflich. »Sie können sich frei bewegen, Herr Doktor. Ich muß nur mitgehen.«

»Und das nennen Sie frei?«

»Wie man's nimmt. Fragen Sie nicht, was das soll. Ich weiß es nicht.«

»Aber ich.« Pohle musterte den biederen Mann. »Haben Sie Familie?«

»'ne Frau und sechs Kinder. Wie die Orgelpfeifen.«

»Gehen Sie nach Hause, werfen Sie die Uniform aus dem Fenster und kümmern Sie sich nur noch um Ihre Familie.«

»Und ernähren tut sie der liebe Gott, was?« Der Polizist lachte breit. »Wenn Sie mir 'ne bessere Stelle besorgen, Herr Doktor ... Aber mit Pension ...«

Peter Pohle ging zurück ins Zimmer. Erika lag neben den Zwillingen auf dem Bett und hatte die Arme um die schlafenden Kinder gelegt. Es war, als wolle sie sie mit ihrem Leib zudecken und so vor dem Untergang retten.

»Vor der Tür sitzt ein Polizist«, sagte Pohle. »Ein kräftiger Mann — ich werde ihn nicht überwinden können. Aber er wird ja einmal abgelöst. Vielleicht ist dann einer draußen, dem ich gewachsen bin.«

»Ich werde die Kinder nie töten, nie!« sagte Erika leise. »Ich glaube dir nicht. Nein, ich glaube dir einfach nicht, daß der Komet auf die Erde fällt! Du bist wahnsinnig, du bist wirklich wahnsinnig ...«

»Erika!« stammelte Pohle entsetzt. »Erika, was ist denn?!«

»Laß uns in Ruhe! Ich sag dir: Laß uns in Ruhe!«

»Aber du weißt doch, daß ich recht habe ...«

»Ich will es nicht wissen. Hörst du: Ich will es nicht!« Sie drückte die schlafenden Kinder enger an sich. »Wenn du ihnen etwas eingibst ... ich bringe dich um!«

»Erika ...« Peter Pohle setzte sich erschüttert auf einen Stuhl, der vor dem vergitterten Fenster stand. Er verbarg das Gesicht in den Händen und zwang sich, ebenfalls nicht an die höllischen Bilder zu denken, deren Realität er als Astronom wie kaum ein anderer bereits vor sich sah.

»Was willst du den Kindern erzählen, wenn das glühende Monster immer näher kommt und den ganzen Himmel einnimmt? Was willst du ...«

»Nichts! Nichts! Nichts! So etwas gibt es nicht! Laß uns in Ruhe! Laß uns in Ruhe ...«

Peter Pohle stand seufzend auf und ging wieder hinaus. Der joviale Polizist mit den sechs Kindern nickte ihm wieder freundlich zu.

»Ich brauche einen Arzt«, sagte Pohle. »Meine Frau ist krank. Sie braucht ein Beruhigungsmittel.«

»Dann klingeln Sie doch nach einem Arzt, Herr Doktor.«

»Hier gibt es keine Klingeln in den Zimmern, mein Bester. Hier ist ein Irrenhaus! Verrückte klingeln nicht. Aber wenn Sie mich begleiten ... ich kenne das Arztzimmer der Station.«

Der Polizist sah Dr. Pohle nachdenklich an und nickte dann. Man konnte an seinem Gesicht ablesen, was er dachte. Ganz stubenrein im Kopf bist du auch nicht, hieß dieser Blick. Umsonst bist du bestimmt nicht hier in der Klapsmühle. Na gut, gehen wir ... eigentlich ein Mistdienst. Sind Polizisten dafür da, Verrückte zu bewachen, auch wenn sie harmlos sind wie dieser Dr. Pohle?

Sie gingen den langen Flur hinunter bis zu einer massiven Tür, die nur mit einem Steckschlüssel zu öffnen war. Dahinter begann das Treppenhaus, lagen die Fahrstühle, konnte man ins Parterre gelangen, zweiter Flur links ... die Apotheke.

Peter Pohle blieb an der vorletzten Tür stehen. Sie stand offen, das Arztzimmer war leer. Auch im Pflegerraum war niemand. Hinter den Türen der anderen verschlossenen Zimmer hörte man Rumoren, mehr nicht. Die Isolierungen ließen keinen Laut durch.

»Was ist hier los?« fragte Pohle. »Wo ist das Personal? Seit wann sind die Geisteskranken völlig allein?«

Der Polizist hob die Schultern. »Keine Ahnung, Herr Doktor. Vor einer Stunde war hier noch'n wüster Betrieb. Dann kam ein Regierungsrat — so nannten ihn die anderen — und hat alle irgendwohin gebeten.«

»Aha!« Peter Pohle betrat das Arztzimmer und blickte sich um. Ein Schreibtisch, ein Stuhl, eine Untersuchungsliege, ein Wandkalender, ein gerahmter Buntdruck von Garmisch, ein Blutdruckmesser als Standgerät, ein Karteischrank, an der Wand ein Hängeschrank mit Reihen von Medikamentenschachteln. Kreislaufmittel, dämpfende Mittel, Tranquilizer, Schlafmittel . . . man brauchte nur hineinzugreifen. So ist es immer, dachte Pohle. An das Einfache denkt man zuletzt. Die Klinikapotheke ist unerreichbar — aber hier liegt es griffbereit.

»Keiner da —«, sagte er völlig sinnlos.

»Vielleicht kann man anrufen?«

»Wohin?«

»Die Zentrale wird's wissen.«

»Natürlich.«

Er muß mich für ein Rindvieh halten, dachte Pohle. Aber nur so werde ich in seinen Augen völlig harmlos. Er nahm den Hörer ab, tat so, als wenn er eine Nummer wählte, und wartete. Dann legte er auf, wählte noch einmal und warf den Hörer dann resignierend zurück.

»Das Telefon scheint gestört zu sein. Kein Ton! Versuchen Sie's mal nebenan im Pflegerraum, Herr Polizeirat. Ein Arzt für meine Frau . . .«

Der Polizist nickte. Nebenan gehen — auf diese Weise läßt man den zu Bewachenden nicht allein. Außerdem, wo wollte der Doktor auch hin? Alle Türen waren verschlossen.

»Polizeirat ist gut«, sagte er gemütlich. »Wäre ich das, brauchte ich nicht hier zu sitzen.«

Er ließ Dr. Pohle allein und ging ›nebenan‹ zu dem anderen Telefon. Schnell riß Pohle die Tür des Wandschrankes auf und stopfte in die Jackentaschen, was er gerade greifen konnte. Es war ja völlig gleichgültig, was man mitnahm ... jedes Medikament, in Mengen genossen, ist für ein Kind tödlich.

Aber er griff genau das Richtige ... als der Polizist zurückkam, hatte Pohle zehn Schachteln mit massiven Dämpfungsmitteln eingesteckt, Megaphen und Pacatal. Er lehnte am Schreibtisch und sah so harmlos aus, daß der Polizist ihm fast kumpelhaft zunickte.

»Ein Arzt kommt gleich.«

»Danke.«

Sie gingen zu Pohles Zimmer zurück. Pohle steckte die Hände in die Jackentaschen und umklammerte die Medikamentenpäckchen.

Übermorgen wird mich Erika anflehen, den Kindern ein Glas mit den erlösenden Tabletten zu geben, dachte er. Übermorgen, wenn der Kohatek den Teil des Himmels, den wir Menschen sehen, völlig einnehmen wird. Jetzt habe ich genug bei mir, um dieses grauenvolle Ende abzukürzen.

Er kam wieder ins Zimmer und blieb an der Tür stehen. Erika starrte ihn mit weiten Augen an.

»Wo warst du?« fragte sie tonlos und streichelte über die Köpfe der Zwillinge.

»Auf der Toilette.« Peter Pohle lächelte schwach. »Und einen Arzt habe ich kommen lassen. Keiner wird dir und den Kindern etwas tun. Keiner. Wir müssen jetzt nur die Kraft haben, warten zu können.«

*

In der Stadt New York und später im ganzen Staatsgebiet verbreiteten Polizei, Stadtverwaltung und selbst alle kirchlichen Stellen Optimismus und Beruhigung.

Joe Bitters ›Evening‹ begann, Wirkung zu zeigen. Alle Behörden wurden mit Fragen bombardiert, Kolonnen von Autos, Wagen mit überladenen Dachgepäckträgern, mit schnell gepackten Sachen randvoll zugestopft, wurden nach einem in fieberhafter Eile ausgearbeiteten Katastrophenplan umgeleitet und landeten wieder in der Stadt. Rundfunk und Fernsehen verbreiteten pausenlos, daß der Artikel im ›New York Evening‹ nur eine schriftstellerische Vision sei und man den Autor Herp Masters bereits suche, um ihn für diesen Blödsinn zur Verantwortung zu ziehen. Zwei Stunden später sprach Präsident Garrison im Fernsehen ... ganz kurz nur, auf strahlender Staatsmann geschminkt, mit fester Stimme und gewohnt fröhlichen Augen. Auch er sagte in aller Deutlichkeit, daß Masters Artikel ein Scherz gewesen sei, ein verdammt bitterer Scherz allerdings. Er erinnerte an Orson Welles Reportage von der Landung der Marsmenschen, die auch eine Panik ausgelöst hatte, weil sie so wahr geklungen hatte ... das große, aber bittere Lachen hinterher lag allen Amerikanern noch im Ohr. Nichts anderes war es jetzt. Herp Masters war der neue Illusionist des Schreckens ...

Die Suche nach Herp und Joe Bitter lief unterdessen auf vollen Touren. Daß er wieder friedlich in Hack's Hotel saß und auf seine Lil wartete, daran dachte niemand. Das FBI sendete die Zeichnung, die man nach Lils Angaben von Masters gemacht hatte, über alle Fernsehstationen der USA, neben dem Foto des dicken Joe Bitter, dessen Gesicht rund und feist über die Bildschirme grinste.

Auch Herp selbst sah es ... er lag auf dem Bett, hatte sich Garrisons Beschwichtigungsrede angehört und starrte nun sein gezeichnetes Gesicht an.

»Es hat keinen Zweck mehr, Dick«, sagte er, als auf einem anderen Kanal noch einmal Garrisons Rede ausgestrahlt wurde. »Diese letzte Wahrheit ist nicht mehr zu unterdrücken.«

Er wartete noch einmal sein Bild ab, stellte dann den Fernseher ab und ging hinunter in die Hotelhalle. Er hatte auf Perücke und Brille verzichtet, und der Portier, ein Neger, starrte Herp an und tippe an die Mütze.

»Ein Zimmer, Sir?« Dann erst kam ihm zum Bewußtsein, daß der Fremde aus dem Fahrstuhl kam. »Wo kommen Sie her?«

»Sei schön brav, Blacky, und gib mir das Telefon —«, sagte Herp. Er holte sich den Apparat herüber, wählte die Nummer des FBI und sagte, als sich die Zentrale meldete: »Euren Boß bitte.«

»Was wollen Sie?« fragte eine Stimme ein paar Sekunden später. Herp Masters zögerte. Noch drei Tage, dachte er. Sollen Sie mich einsperren, mir ist alles egal. Lil hat mich verraten ... Schwamm drüber. Es geht eben alles zu Ende. Am 5. Januar werden sie sowieso alle Türen aufreißen, auch die vom Knast ... jeder Mensch soll in Freiheit sterben!

»Hier ist Herp Masters!« sagte er laut. »Stellt das idiotische Bild im Fernsehen ab! Ihr könnt mich abholen. Hack's Hotel! Ich warte in der Halle. Ende.«

Dann lächelte er den Negerportier an, der bis zur Wand zurückgewichen war und ihn wie einen Geist anstarrte.

»Sing dein Lied vom Großen Lord, Boy«, sagte Masters langsam. »Und dann besauf dich. Jetzt hilft dir kein Gott mehr ...«

Er setzte sich in einen der zerschlissenen Sessel, schlug die Beine übereinander und wartete.

Genau sechs Minuten später hörte er die heulende Sirene eines heranrasenden Polizeiwagens. Die Bremsen quietschten schauerlich, als der Wagen vor Hack's Hotel stoppte.

Herp Masters erhob sich, winkte dem Negerportier zu und verließ, die Hände in den Taschen, das Hotel. Vor der Tür standen die Polizisten und bildeten fast ein Spalier, durch das Herp Masters mit einem freundlichen Kopfnicken hindurchschritt.

Auf den Ausfallstraßen aber kam es in dieser Stunde zu der ersten Schlacht zwischen flüchtenden Autofahrern und den absperrenden Polizisten und Armee-Einheiten.

Die große Panik hatte begonnen.

*

3. Januar.

Der Komet war jetzt deutlich am Himmel zu sehen. Sein ungeheurer Feuerschweif überzog das Firmament, seine Korona strahlte heller als der Vollmond — er beherrschte das für den Menschen sichtbare Weltall vollkommen.

Herp Masters Artikel, nur in den USA bekannt und sonst in der ganzen Welt verschwiegen, obwohl die großen Nachrichtenagenturen den Wortlaut um den Erdball funkten, bewies jetzt seinen Wahrheitsgehalt.

›Dieser Stern‹ — so nannte der Volksmund den Kometen Kohatek — konnte gar nicht mehr an der Erde vorbeifliegen. Deutlich war es sichtbar, daß er mit ungeheurer Geschwindigkeit immer näher kam, jeder sah, wie Kopf und Schweif immer größer wurden ... er raste die noch fehlenden Millionen Kilometer zur Erde herab wie ein Amokläufer. 50 Kilometer in der Sekunde, eine Kugel von 100 000 Kilometer Durchmesser, das ist achtmal soviel wie der Durchmesser der Erde. Es gab nichts, was den Untergang allen Lebens mehr aufhalten konnte.

Während in der übrigen Welt der Artikel von Masters kritisch aufgenommen wurde und die von allen Sternwarten und wissenschaftlichen Instituten eingeholten Auskünfte ebenfalls keine Klarheit brachten, standen die Menschen in Zentraleuropa auf den Straßen, an den Fenstern oder hockten auf den Dächern und beobachteten und fotografierten das ›Schauspiel des Jahrhunderts‹.

Über das, was in den USA gerade geschah, schwieg alles. »Es gibt Dinge«, sagten die Chefredakteure der Zeitungen und Sender, »über die berichtet man nicht, auch wenn Jounalismus zur absoluten Wahrheit verpflichtet. Wenn Wahrheit zur Katastrophe wird, ist Schweigen mehr als Reden.« Außerdem taten die meisten sowieso alles als »typisch amerikanische Hysterie« ab und lächelten mokant über die »ewig kindlichen Amerikaner, die alles glaubten«.

Ingmar Gustafsen, der schwedische Astronom, der zuerst impulsiv Mortonsons Berechnungen falsch genannt hatte, schwieg schon lange, isoliert wie alle seine Kollegen, die jetzt klar die fürchterliche Tatsache erkannten. Selbst der temperamentvolle Jean Cobernet, der Mortonson einen Spinner geschimpft hatte, saß mit bleichem Gesicht in seinem Observatorium nahe Paris, hatte den Kometen Kohatek vor Augen und schwankte zwischen Selbstmord oder dem Mut, das Ende bewußt zu erleben.

Von New York aus wälzte sich die Panik sternförmig

über das ganze Land. Autoschlangen durchbrachen die Sperren von Polizei, Nationalgarde und Militär.

An den Kreuzungen kam es zu Mord und Totschlag; wo Polizei oder Militär auftauchten, wurden die Beamten und Soldaten aus den Autos heraus beschossen, überfahren oder mit den bloßen Fäusten erschlagen. Die Toten warf man auf die Seite und fuhr weiter. Zwischen New York und Philadelphia, am Delaware, kam es zu einer regelrechten Schlacht zwischen Panzereinheiten der Armee und viertausend gestoppten Autofahrern, die bei Lembertville über die Brücke wollten.

Die Armee verlor. Vierunddreißig Panzer wurden in Brand geschossen . . . aus den Autos kamen Maschinenpistolen, Maschinengewehre, geballte Handgranatenladungen und sogar Panzerabwehrwaffen aus dem letzten Weltkrieg zum Vorschein und schossen den Weg über die Brücke frei.

Überall rückten die Garnisonen aus, Jagd- und Bombergeschwader stiegen auf und flogen zu den Highways, über die endlos die Wagenkolonnen brausten.

Ins Gebirge! Weg aus der Stadt, aus der Ebene, aus Meeresnähe! Wenn die zweihundert Meter hohe Flutwelle kommt, müssen wir in den Felsen sein. Was schreibt Herp Masters? Die Temperatur kann auf 190 Grad ansteigen! Das heißt: in die Höhlen! Sich verkriechen in das Innere der Berge.

Aber gibt es so viele Berge? Kann man 200 Millionen Menschen in Höhlen unterbringen? Natürlich nicht . . . also überlebt der, der zuerst da ist!

Der Mord auf den Straßen wurde so natürlich wie Essen und Trinken. Überleben! Nur überleben! Die Berge erreichen, und wenn man die Straße mit Toten pflasterte.

Pausenlos erfolgten jetzt über Rundfunk und Fernsehen die Aufrufe, sich vernünftig zu verhalten, zu Hause zu bleiben, keine Panik zu erzeugen. Vergeblich! Die Masse war bereits unterwegs . . . eine Wanderung einer aus Angst und Selbsterhaltungstrieb entmenschten Menschheit. Auch die Drohung, alle Autokolonnen aus der Luft zu beschießen und zu bombardieren, nutzte nichts mehr. Man konnte nicht alle vernichten, ein paar kamen immer durch, und diese paar überlebten. Jeder hatte diese Chance, und jeder glaubte für sich daran. Also packten nun auch die, die bisher noch gezögert hatten, ihre Wagen und rasten los. Zuerst in New York, dann überall in den USA, wurden die öffentlichen Verkehrsmittel eingestellt. Kein Zug fuhr mehr, kein Flugzeug stieg mehr auf . . . nur die U-Bahnen ratterten durch die Städte, leer, denn was hatte es für einen Sinn, durch die Stadt zu fahren? Hinaus wollte man, hinaus in die Berge . . .

Bei Martinsburg, am Fuße der Shenandoah-Mountains, kam es zum ersten Bombardement. Zwei Staffeln griffen die in sich verkeilten Autokolonnen an, in denen sich die Menschen gegenseitig umbrachten, rammten, zerquetschten, um die Straße zum Gebirge frei zu bekommen.

Der Bombenteppich räumte auf . . . aber neue Kolonnen wälzten sich heran, wühlten sich durch die Felder und durchbrachen alles, was sich ihnen in den Weg stellte.

»Das ist Ihr Werk, Masters!« sagte der Chef des FBI, als die Meldungen über Funk hereinkamen und es klar wurde, daß sich die USA in einer völligen Auflösung befanden. »Wenn wir das überleben, mache ich die Augen zu und schicke Sie hinaus auf die Straße. Was dann mit

Ihnen passiert, wissen Sie. Mein Gott, ich tue es, das verspreche ich Ihnen! Sie haben die Humanität zerstört ... ich werde es Ihnen eine Minute lang nachmachen. Sie haben es verdient!«

»Jetzt zeigt der Mensch sein wirkliches Gesicht«, sagte Herp ruhig. »Zweieinhalb Tage ist er jetzt nackt, ist er so, wie er immer war und sein wird, auch wenn wir überleben. Alles andere war nur Tünche, Maske, Schauspielerei, Lüge, Betrug ... was sich da draußen gegenseitig umbringt, schreit, um sich schlägt und dieses Scheißleben mit dem Blut der anderen konservieren will ... *das* ist der wahre Mensch!«

»Sie Idiot! Das wissen wir seit einigen Jahrtausenden!« schrie der Chef des FBI. »Um das deutlich zu machen, müssen Sie die ganze Welt zerstören?! Auch wenn diese Ordnung nur künstlich war ... es war eine Ordnung!«

»Am 5. Januar ist auch der wahre nackte Mensch nicht mehr da.« Herp Masters rauchte wieder eine Zigarette an. In der Ecke des Zimmers hockte Lil Abbot auf einem Stuhl, er hatte bisher mit ihr noch kein Wort gesprochen.

»Aber am 6. Januar schicke ich Sie auf die Straße, Herp!«

»Das dürfen Sie, Sir.«

Die Funkmeldungen und Fernschreiben wurden zu einem Papierberg. Mehrere tausend Polizisten waren allein in New York unterwegs, um Plünderer festzunehmen oder einfach zu erschießen. Die Auflösung aller staatlichen Autorität hatte begonnen ... es wurden sogar Polizeibeamte erschossen, die sich an dem Plündern verlassener Geschäfte beteiligten.

Mehrere tausend Menschen hatten die Bahnbetriebswerke gestürmt und machten, nachdem man die Wachen erschlagen hatte, die abgestellten Züge flott. Es war eine Wahnsinnstat, denn kein Stellwerk war mehr besetzt, keine Weiche konnte mehr bewegt werden, kein Signal leuchtete mehr, alles war abgestellt. Es war vorauszusehen, daß die Züge sich gegenseitig auf den Strecken rammen und die Waggons zu einem Massengrab würden.

Aus dem Weißen Haus kam der Befehl, das Chaos rücksichtslos zu brechen. Aber war das noch möglich? Nach Schätzungen waren jetzt bereits sieben Millionen unterwegs, und schon kam aus dem Süden die Nachricht, daß auch von San Franzisko und Los Angeles aus Autokolonnen in die Gebirge aufbrachen.

Die Panik griff immer weiter um sich. In einer Stunde würden es vierzehn Millionen sein, dann zwanzig, dann vierzig Millionen.

Ein ganzer Kontinent auf der Flucht, sich gegenseitig ermordend für einen Höhlenplatz ...

In Europa, dort, wo der Komet Kohatek aufschlagen sollte, war es dagegen still. Hier waren die Menschen völlig ahnungslos, die Nachrichtensperre war vollkommen, die Abschirmung lief mit einer fast genialen Präzision. Sieben kleine Zeitungsmacher, die Herp Masters Artikel doch abdruckten, wurden sofort verhaftet, die Zeitungen eingezogen, durch eine europäische Gemeinschaftssendung im Fernsehen lächerlich gemacht. Man strahlte einen Bunten Abend als Eurovisions-Sendung aus. Titel: »Frau Venus kommt zu Besuch«. Ein dämlicher Titel, aber er gab Freiheit für eine Masse Blödeleien über Kometen, Sterne und Monde.

Auf den Redaktionstischen aber stapelten sich die Funkbilder des Grauens.

»Am 5. Januar, ab 0 Uhr, sollen alle Glocken läuten«, gaben die Kirchenleitungen an alle Pfarrer weiter. »Alle Kirchen sollen offen sein.«

Die Menschheit, der eine Teil wissend, der andere ahnungslos, ging dem Ende entgegen.

*

Der Arzt, der zu Peter Pohle hinauf kam, gehörte zur Station W I/3, zur Frauenabteilung also, und wußte nicht, was hier im Männerflügel geschehen war. Er wunderte sich nur, daß weder Stationsarzt noch Oberarzt noch Pfleger anwesend waren, und konnte mit der Antwort des Polizisten: »Ich weiß auch nichts!« wenig anfangen.

»Meine Frau hat die Nerven verloren«, sagte Peter Pohle höflich. Dann lächelte er über diesen makabren Satz, denn daß jemand in einer Irrenanstalt die Nerven verliert, ist nichts Absonderliches.

»Ich muß erklären«, sprach er deshalb weiter, »daß ich der Patient bin und meine Frau nur zu Besuch da ist. Meine Frau braucht ein Beruhigungsmittel.«

»Er will uns töten . . .«, stammelte Erika und umfaßte wieder die schlafenden Zwillinge. »Er will uns am 5. Januar vergiften . . «

»Am 4. Januar, nachts, um präzise zu sein«, sagte Peter Pohle ernst.

»Natürlich.« Der Arzt nickte zustimmend. Als Psychiater kommt man mit anderen Problemen in Berührung, da sind solche harmlosen Morddrohungen kleine Fische. Er sah Dr. Pohle freundlich an und zeigte auf einen Stuhl. »Setzen Sie sich bitte. Um wieviel Uhr wollen Sie sie vergiften?«

»Die Zeit spielt keine Rolle.«

»Aber es muß in der Nacht sein, am 4. Januar?«

»In der Nacht vom 4. zum 5. Januar, ja.«

»Sehr schön. An welches Gift haben Sie dabei gedacht?«

Dr. Pohle sah den Arzt nachdenklich an. Dann lächelte er wieder mit einem bitteren Zug um die Lippen. »Sie reden mit mir wie mit einem Irren. Das ist Ihr gutes Recht, Sie wissen es nicht anders. So, wie wir uns benehmen, müssen wir für jeden normal Denkenden verrückt sein. Aber ich bin völlig normal ...«

»Daran ist kein Zweifel«, sagte der Arzt höflich. Irren muß man im Gespräch immer recht geben, das ist eine Grundweisheit. Dann sprudelt alles aus ihnen heraus.

»Er ist wirklich verrückt!« rief Erika. Sie lag über ihren Kindern und deckte sie mit ihrem Leib zu. »Er will uns alle töten, weil er berechnet hat, daß der Komet mit der Erde zusammenstößt.«

»Aha!« Der Arzt lächelte jovial. »Der Komet. Der Kohatek. Und Sie haben das berechnet. Tolle Leistung. Meine Gratulation.«

»Lassen Sie das dumme Reden, Doktor!« sagte Peter Pohle ungehalten. »Wenn Sie etwas Zeit haben, erkläre ich Ihnen das. Aber kümmern Sie sich erst um meine Frau. Sie ist völlig durcheinander. Wenn Sie eine Möglichkeit haben ...«

»Sofort.«

Der Arzt verließ das Zimmer. Draußen auf dem Flur winkte er den Polizisten heran. »Es ist kein Pfleger hier«, sagte er leise. »Aber ich muß diesem Herrn da drinnen eine Spritze geben. Das wird er freiwillig nie zulassen. Trauen Sie sich zu, fest zuzupacken und ihn festzuhalten?«

»Wenn's weiter nichts ist.« Der Polizist grinste. »Hab' ich mir doch gleich gedacht. Der Mann ist balabala, nicht wahr?«

»So kann man's auch nennen«, sagte der Arzt schokkiert. »Kommen Sie ...«

Sie betraten zusammen das Zimmer, wo ihnen Dr. Pohle besorgt entgegenkam. Erika lag über den Kindern und schüttelte sich in einem Weinkrampf.

Wortlos griff der Polizist zu, drehte Pohle mit einem Ruck den rechten Arm auf den Rücken und zwang ihn so, sich nach vorn zu bücken und ganz ruhig zu stehen, sonst hätte sich sein Arm ausgekugelt.

»Jetzt!« sagte er zu dem Arzt. »Der bewegt sich nicht mehr!«

»Ihr Rindviecher!« brüllte Pohle. »Ich bin nicht verrückt! Hört mich doch an! Mein Gott, es geht doch nicht um mich ... Meine Frau ... die Kinder ... warum begreift denn keiner?«

Sie rissen ihm mit einem Ruck die Hose runter, er spürte, wie die Injektionsnadel in sein Fleisch stach, und er wußte, daß er endgültig verloren hatte. Die Tränen schossen ihm in die Augen, und weinend sank er in den in ihn hineingespritzten künstlichen Schlaf.

*

3. Januar, 3.17 Uhr nachts, nordamerikanischer Zeit.

Im Weißen Haus hatten sich Präsident Garrison, Außenminister Messanger, einige Senatoren und die höchsten Militärs um den großen Fernsehschirm versammelt. Über den ›heißen Draht‹ wußte man, daß im Kreml zur gleichen Minute Voroucov mit seinem gesamten Ministerrat ebenfalls vor dem Fernseher saß.

Die große Stunde war gekommen: Der einmalige, gewaltige, bisher selbst in der kühnsten Phantasie nie erahnte Feuerschlag sämtlicher interkontinentaler Atomraketen auf ein einziges Ziel: auf den Kometen Kohatek.

Die Sekundenzeiger liefen. Auf dem Bildschirm tickten sie über eine große Uhr. Es war ein Bild, das nur intern ausgestrahlt wurde, nur für eine bestimmte Gruppe Eingeweihter, auf einer Wellenlänge, die kein privates Gerät empfangen konnte.

»Noch zehn Sekunden . . .«, sagte ein General völlig sinnlos im Hintergrund. Aber jeder in dem großen Raum war ihm für diese Unterbrechung der Stille dankbar . . . die Nerven zitterten vor Erregung. Selbst der immer beherrschte Messanger schwitzte und fuhr sich mit einem großen Taschentuch über das Gesicht und putzte zum wiederholten Male seine beschlagene Brille.

Noch fünf Sekunden . . . noch drei . . . noch eine . . .

Feuer!

Das Bild wechselte, zeigte eine Raketenbatterie. Zischend stoben mit einem feurigen Schweif die Raketen in den Nachthimmel. Noch einmal fing die Kamera die rotlackierten Atomköpfe ein . . . jeder Kopf barg die Gewalt, ein Gebiet so groß wie das Rheinland oder das Saargebiet auszulöschen. In der gleichen Sekunde stoben auch in Rußland, verteilt über das riesige Land, die Atomraketen der Sowjets in den Himmel.

Von diesem Augenblick an war eine zerstörende Kraft ins Weltall unterwegs, die — auf der Erde eingesetzt — zehnmal ausgereicht hätte, die Welt zu vernichten und radioaktiv zu verseuchen. Was da an Explosionsenergie auf die Reise geschickt worden war, konnten nur noch die Computer errechnen.

»Was nun?« fragte Präsident Garrison, als die Kameras die Raketen so lange verfolgten, bis sie sich in der Dunkelheit verloren. Dafür fingen sie jetzt den Kometen ein, dieses schrecklich-schöne Bild, diesen glühenden Riesenkopf mit seinem 60 Millionen Kilometer langen Schweif. Eine Masse von eintausend Milliarden Tonnen Gewicht, die auf die Erde zustürzt ... wer kann das begreifen? Eintausend Milliarden Tonnen!

Das Fernsehbild wechselte wieder. Vom Kommandostand der jetzt zentral zusammengefaßten Batterien gab ein General kluge Erläuterungen. Präsident Garrison beugte sich vor und drehte den Ton ab.

»Was nun?« wiederholte er.

»Jetzt müssen wir warten, bis die Raketen mit dem Kometen zusammentreffen. Das wird in etwa 12 Stunden und neunundvierzig Minuten der Fall sein.«

Einer der wissenschaftlichen Berater blätterte in einem Schnellhefter herum, er war auf diese Frage vorbereitet. »Das Zersprengen des Kohatek erfolgt in einer solchen Erdferne, daß der danach einsetzende Meteoritenregen im Weltall verbleibt und nicht unsere Erdatmosphäre durchbrechen kann.«

»Sind Sie sicher?« fragte Messanger nachdenklich. Auf dem Bildschirm erschien wieder der Komet ... sein Riesenschweif spannte sich am nördlichen Himmel von Horizont zu Horizont.

»Unsere Erdatmosphäre ist wie ein Panzer«, sagte der Wissenschaftler. »Das wissen wir doch von den Mondkapseln. Diese müssen schon gegen die unvorstellbare Reibungshitze beim Wiedereintauchen gewappnet sein — aber diese Raumkapseln sind winzige Staubkörnchen gegen das, was nach dem Zerplatzen des Kohatek im Weltall herumsaust. Von dort droht keine Gefahr ...«

»Wenn der Atomschlag gelingt!« sagte Garrison und erhob sich. »Meine Herren, unterrichten Sie mich laufend. Ich bin immer erreichbar.« Er zögerte und blickte über die Köpfe der anderen hinweg gegen die Wand. »Wie sieht es im Lande aus?«

»Chaotisch. Dieser Herp Masters hat mit einem einzigen Zeitungsartikel mehr zerstört als hundert Diktatoren vom Format eines Hitler.« Einer der Berichterstatter des Präsidenten blätterte in einem Bündel Fernschreiben. »Man hat übrigens Joe Bitter, den Herausgeber des ›New York Evening‹ gefunden. Er wurde auf dem Wege in die Adirondack Mountains von anderen Flüchtenden mit Steinen erschlagen, weil sein Wagen mit einem geplatzten Reifen die Straße blockierte.«

Garrison senkte den Kopf. Seine Augen schlossen sich halb.

»Wie viele Tote hat es schon gegeben?« fragte der Präsident leise.

»Wir können keine Zahl nennen.« Der Referent hatte plötzlich eine heisere Stimme. »Wir haben noch keinen Überblick ... es sind zu viele ...«

*

In Moskau war man zufrieden. Die Abschüsse hatten geklappt, die Raketen waren planmäßig unterwegs, über den ›heißen Draht‹ gratulierten sich Garrison und Voroucov gegenseitig herzlich zu dieser ersten, der gesamten Menschheit dienenden Kooperation.

Was aber noch wichtiger war: Es gingen jetzt auch die ersten Meldungen ein, wo die amerikanischen Raketenbatterien stationiert waren. Das Spionagenetz arbeitete vorzüglich. Auf eine große Karte der USA malte man im

Generalstab der Roten Armee immer neue rote Kreise. Es wurden mehr, als man vermutet hatte. Die atomare Stärke der USA kam jetzt deutlich zum Vorschein.

Nicht anders war es beim CIA und der amerikanischen Heeresleitung im Pentagon. Auch hier liefen jetzt verschlüsselte Funksprüche aus Rußland ein, und auch hier steckte man kleine rote Fähnchen in einsame Gebiete von Sibirien und in Gegenden, wo man nie und nimmer Atomraketen gesucht hätte. Einige Stationen lagen so nah an den Grenzen, daß sie die ganze westliche Welt beherrschen konnten.

Spionage bis zum letzten Atemzug! Wissen für zwei Tage ... wenn der Feuerschlag ergebnislos blieb.

Aber eines erkannte man auf beiden Seiten in diesen Stunden: Wurde die Welt gerettet, war sie nach menschlichem Willen ewig. Hüben wie drüben war nur ein Fingerdruck nötig, um sie mit Atomkraft auszulöschen ... das bedeutete, daß auch der auslösende Finger mitvernichtet wurde. Es würde keine Besiegten und keine Sieger mehr geben, nur noch eine Welt, zurückversetzt in den Urzustand.

Diese Lehre manifestierte sich jetzt in den kleinen roten Kreisen auf den Karten Rußlands und der USA.

Die Garantie eines Friedens ... wenn man den 5. Januar überlebte.

»Wir sollten öfter miteinander sprechen«, sagte Voroucov über den ›heißen Draht‹ zu Garrison, nachdem er die Karte mit den roten Kreisen angesehen hatte. »Warum mußte eigentlich ein Komet kommen, um uns das klarzumachen?«

»Ja, warum?« Garrison lachte sein jungenhaftes Lachen, aber der Unterton war rauh. Die Panik in den USA nahm Untergangsformen an. »Man sieht jetzt, wie leicht die ganze Weltpolitik auf einen einzigen Nenner zu bringen ist.«

*

Man sperrte Herp Masters nicht ein. Wozu auch? Er lief nicht weg. Er blieb im FBI-Gebäude, wurde aus der Kantine verpflegt und erlebte am Fernseher und anhand der vorgelesenen Funk- und Fernschreibermeldungen, wie sich die Ordnung in den USA immer mehr auflöste.

Die Abschüsse der interkontinentalen Atomraketen waren auch nicht verborgen geblieben ... aus den ländlichen Gegenden, wo sie stationiert waren, häuften sich die Anfragen bei den Ortsbehörden, ob denn Krieg sei. Die zuständigen Stadtverwaltungen gaben diese Fragen nach Washington weiter. Was sollte man antworten?

Die Fernsehgesellschaften sendeten Revuestücke und Westernfilme, Quiz-Spiele und Shows. Kein Bild von dem Kometen Kohatek, kein Wort über den ›Fallenden Stern‹, kein Bericht über das Chaos auf den großen Überlandstraßen. Was man im FBI sah, war eine Privatsendung von Kamerateams, die auf den Highways unterwegs waren und Mord und Totschlag, Verzweiflung und Kampf ums nackte Leben mit einer grauenhaften Akribie filmten. Die Bilder wurden live ins Polizeipräsidium und zum FBI übertragen und von einer Station auf Band aufgezeichnet.

»Das wollte ich verhindern, Herpi ...«, sagte Lil Abbot leise. Sie stand hinter Masters und hatte beide Hände auf seine Schultern gelegt. »Nur deshalb habe ich dich verraten. Siehst du das nicht ein?«

»Ist schon gut, Mädchen.« Herp rauchte ununterbrochen, seine Hände zitterten unentwegt, er mußte bereits mit Nikotin vollgepumpt sein. »Du hast getan, was du konntest.« Er blickte hinüber zu dem Chef des New Yorker FBI, der gleichzeitig in zwei Telefone sprach. »Warum versucht man noch, diese Verrückten in den Griff zu bekommen?«

»Es sind doch Menschen, Herpi!«

»Das da sind noch Menschen?« Masters zeigte auf den Fernseher. Er brachte Bilder von einer Kreuzung, wo jeder gegen jeden kämpfte, nur um einen Meter weiterzukommen.

»Du hast sie zu dem gemacht, was sie jetzt sind! Du allein, Herpi!«

»Warum können sie nicht ruhig sitzen und rauchen, wie ich?« Masters steckte sich eine neue Zigarette an. »Man kann doch nicht mehr davonlaufen. Warum versagt denn das Denken?«

»Weil keiner ein so höllisches Hirn hat wie Sie!« schrie der FBI-Chef.

»Sie auch nicht?«

»Ich auch nicht!«

»Und wann hauen Sie ab?«

»Am 6. Januar, wenn man Sie gelyncht hat, Masters! Dann gehe ich mit Wonne angeln und erhole mich von Ihnen. Jeder vereiste Fluß, in dessen Decke ich ein Loch schlagen muß, ist mir lieber als Ihre Nähe.«

»Darüber mache ich mir auch Gedanken, Sir.«

»Worüber ...«

»Ob es einen 6. Januar geben wird. Gibt es ihn, bitte ich Sie um eine Gefälligkeit.«

»Und die wäre?«

»Leihen Sie mir für ein paar Sekunden ihren Dienstrevolver, Sir.«

»Nein, Herp!« Der FBI-Chef schüttelte den Kopf. »So

billig kommen Sie nicht weg. Sie fressen diese von Ihnen angerührte Chaossuppe aus.«

»Das kann keiner.«

»Sie glauben auch an den 6. Januar, was?«

»Nein!« sagte Masters ruhig.

Der FBI-Chef starrte ihn ungläubig an. »Sagen Sie das noch einmal, Herp«, stotterte er. »Sie glauben nicht...?«

»Nein...«

»Mein Gott, das geht mir erst jetzt auf.« Der FBI-Chef legte die Hände flach gegen seine Schläfen. »Sie haben diesen verfluchten Artikel gar nicht aus Sensationslust geschrieben! Sie glauben wirklich dran, daß der Komet auf die Erde fällt...«

»Ja...«

»Herp, dann sind Sie ja ein Verrückter! Wir alle haben gedacht, Sie seien ein kleiner mieser Schreiberling, der einmal in seinem Leben eine Sensation aufblasen kann!«

»Das bin ich auch.« Herp Masters sah hinauf zu Lil Abbot. Ihre Augen waren leergeweint und jetzt schon wie tot. »Übermorgen, Sir, werden wir alle die Nerven verlieren... darum bin ich jetzt so ruhig. Es lohnt nicht mehr, Gefühle zu zeigen.«

*

Peter Pohle schlief einen fast an Ohnmacht grenzenden Schlaf.

Man hatte ihn auf das Bett getragen, und so lag er nun neben seinen Kindern, in den letzten Tagen erschrekkend abgemagert, bleich und mit eingefallenen Wangen. Er verschlief das grausam-herrliche Schauspiel, das sich am Nachthimmel zeigte: Der Feuerkopf und der Schweif des Kometen, die den Weltraum beherrschten. Dafür saß Erika am Fenster und starrte hinauf zu dem flammenden Fanal, das übermorgen alles töten sollte.

Im Ärztekasino, wo die eingeweihten Ärzte und die Beamten der Sonderkommission zusammen isoliert waren, verlor der II. Oberarzt plötzlich die Beherrschung über seine Nerven.

Der leuchtende Himmel draußen, die fast greifbare Nähe des Unterganges, so wie ihn Dr. Pohle geschildert hatte, ließ in ihm etwas zerbrechen, was der Psychiater die Bewußtseinsschwelle nennt.

Er schrie plötzlich auf, stieß den Kriminalrat, der neben ihm saß, vom Stuhl, erreichte mit vier langen Sätzen das Fenster und warf sich durch die geschlossene Scheibe ins Freie. Dort fiel er auf den tief verschneiten Rasen — rasch entstand eine breite Blutlache. Der Verletzte rappelte sich aber wieder auf und schwankte durch den Klinikgarten davon. Die Stimmen, die ihm nachschrien, schien er nicht mehr zu hören . . . doch jeder Abdruck seiner Schuhe im Schnee färbte sich rot.

Als er hinter sich die Schritte der Verfolger hörte, begann er zu rennen und spürte nicht, wie aus seinen beiden aufgeschlitzten Beinen das Blut spritzte . . .

Sie holten ihn erst vor dem großen Ausfahrtstor ein, und auch nur deshalb, weil der Blutverlust zu groß war.

Er lag auf dem Rücken, die Beine angezogen, und schlug um sich, als sie ihn hochheben wollten.

»Ich will zu meiner Frau!« schrie er mit letzter Kraft. »Ich will bei ihr sein, wenn es passiert . . . loslassen! Loslassen!«

Der Pförtner starrte entsetzt auf den II. Oberarzt, der

sich im blutigen Schnee wälzte. Dann wurde er abgedrängt, andere Ärzte bemühten sich um ihren Kollegen, banden ihm mit Ledergürteln, die sie rasch von ihren Hosen abmachten, beide Beine ab und trugen ihn in die Glaskabine des Pförtners. Von dort riefen sie in der chirurgischen Klinik an, der Krankenwagen der Psychiatrischen Klinik fuhr vor, man schnallte den noch immer um sich schlagenden Oberarzt fest, gab ihm eine Spritze und brachte ihn in rasender Fahrt weg.

An beiden Beinen waren die Arterien zerschnitten, das Gesicht sah aus, als sei es in einen Mixer geraten.

»Wie konnte er bloß noch diese Strecke laufen . . .«, sagte der Chefarzt leise, als man langsam zum Ärztekasino zurückging. »Mit diesen Wunden! Welche Verzweiflung, meine Herren!« Er stockte, blickte zurück auf die blutigen Fußspuren und senkte dann den Kopf. »Ich könnte es ihm nachmachen. Warum läßt man uns nicht zu unseren Familien?«

»Sie kennen den Geheimhaltungsbefehl.« Der Regierungsrat vom Bundesverfassungsschutz hakte sich bei dem Chefarzt unter. Es sollte freundschaftlich sein, aber es war gleichzeitig eine Sicherung. Jeder begriff das.

»Und wenn wir einen Eid ablegen, daß wir die Wahrheit verschweigen?«

»Kann man diesen Eid überhaupt halten? Sie sehen Ihre Frau an, Ihre Kinder und wissen, daß vielleicht übermorgen . . . können Sie da noch schweigen?«

»Nein!« sagte der Chefarzt ehrlich. »Nein! Das übersteigt jede menschliche Kraft. Gehen wir, meine Herren. Warten wir den 5. Januar ab.«

Er senkte wieder den Kopf. In den Himmel zu blicken erforderte jetzt schon übermenschliche Kraft. Der

Schweif des Kometen überzog das nächtliche Gewölbe wie ein zerfasertes goldenes Band...

*

5. Januar.

Im Weißen Haus hatte sich alles versammelt, was zu Garrisons nächster Umgebung gehörte. Auch seine Frau, seine Kinder und Schwiegersöhne waren da, die Generäle hatten ihre Gala-Uniform mit allen Orden angelegt. Es war null Uhr, die Glocken auf dem ganzen Kontinent begannen zu läuten. Auf Amerikas Straßen tobte das völlige Chaos.

In Moskau, dort war jetzt Tag, saßen der Ministerrat und das Parteigremium betreten um den langen ovalen Tisch. Sonst lief das Leben in Rußland und in Europa ahnungslos weiter.

Voroucov hatte Garrison zuerst angerufen, als die Niederlage offenkundig geworden war: Der Atomfeuerschlag der Menschheit gegen den Kometen Kohatek war eine Farce gewesen. Ein Witz, über den die Naturgewalten, die dort oben zu einem Klumpen von eintausend Milliarden Tonnen geballt worden waren, zu lachen schienen.

Die Beobachtungsstellen hatten nicht einmal ein Aufblitzen gesehen . . . es war, als habe der Komet die Atomsprengköpfe in sich aufgesogen.

Dem aber war nicht so. Es war nur passiert, was Sotow schon damals vorhergesagt hatte: Die ungeheure Kraft des Magnetfeldes, das den Kometen wie eine Aura umgab, hatte die Atomraketen zerplatzen lassen, noch bevor sie überhaupt in den inneren Bereich des Kohatek eindringen konnten. Unbeirrt zog der Komet seine Bahn

— im Augenblick 100 Millionen Kilometer von der Erde entfernt.

Das hört sich gewaltig an, aber an den Verhältnissen im Weltall gemessen war es nur noch ein Schritt.

»Wir haben alles getan, was Menschen tun konnten«, sagte Garrison zu Voroucov. »Jetzt können wir nur noch warten ... und ich werde beten.«

»Ich rufe Sie morgen wieder an, Herr Präsident«, sagte Voroucov.

»Tun Sie das bitte. Ich würde mich freuen ...«

Garrison legte auf. Dann sah er Messanger an, der mit dem zweiten Hörer mitgehört hatte.

»Sein Optimismus ist ansteckend«, sagte Messanger. »Ich schließe mich ihm an. Ich habe Appetit auf einen guten Whisky.«

Das Läuten der Glocken drang herein. Und die Glokken bewirkten, woran niemand gedacht hatte. Das Morden auf den Straßen hörte auf. Die Menschen fielen auf die Knie und beteten. Die Autoschlangen stoppten, die Flucht, dieses irre Wegrennen vor der Vernichtung, war zu Ende.

Der 5. Januar.

Mit dem Aufdröhnen der Glocken fiel alles ab, was noch nach Leben schrie. Jetzt war der Mensch nur noch Gottes Geschöpf, war er das Elendeste auf Erden, dem nur die Bitte blieb: »Gott, habe Gnade ...«

Im Hauptquartier des New Yorker FBI standen Herp Masters und Lil Abbot am Fenster. Sie hatten sich umarmt und warteten. Wann der Komet wie eine glühende Faust erschien und niederkrachte, wußte Herp nicht. Das hatte in Mortonsons Berechnungen noch nicht gestanden. Nur über eines wunderte er sich, der Journalist: Die Temperatur blieb konstant. Die große

Hitzeentwicklung, die schon längst hätte beginnen müssen, blieb aus. Der Schnee schmolz nicht, die Wände begannen nicht sich wie aufgeheizt anzufühlen ... es blieb winterlich kalt, und die Straßenlaternen spiegelten ihr Licht in den vereisten Rinnsteinen.

Die Telefone in den Sternwarten und wissenschaftlichen Instituten, bei der Weltraumbehörde und in den ›Taktischen Kommandos‹, wie man die Atombatterien nannte, liefen heiß. Die Berechnungen purzelten aus den Computern wie Federn aus einem Stanzautomaten: Der Kohatek bleibt in seiner Bahn konstant ... der Kohatek wird die Erde nicht rammen ... die große Flugparabel ändert sich nicht ... er zieht seinen vorherberechneten Lauf ... er strebt der Venus zu und kommt in die Nachbarschaft des Jupiter. Es wird alles so, wie sein Entdecker Lobus Kohatek es geschildert hat: Am 7. Januar erreicht der Komet seine schönste Konstellation, wird er zum herrlichsten Bild des Jahrhunderts: Er wird mit seiner höchsten Helligkeit über der ebenfalls hellerleuchteten Venus stehen ... ein grandioser Vermählungskuß unfaßbarer, urweltlicher Größe ... und dann wird er weiterziehen in das All, in das Grenzenlose, das Unbegreifliche ...

Um vier Uhr früh amerikanischer Zeit, als der Komet hinter einer dichten Wolkenschicht verschwand und die Erde noch immer nicht in fast hundert Grad Hitze schmorte, ganz zu schweigen von den angekündigten 190 Grad beim Eintritt des Kometen in die Atmosphäre, wandte sich Masters langsam zu dem Chef des FBI um.

»Geben Sie mir Ihren Revolver ...«, sagte er mit schwerer Zunge. »Ich flehe Sie an, Sir ...«

»Noch haben wir nicht den 5. Januar, 24 Uhr, Herp. Sie sollen die volle Chance haben ...«

»Es ändert sich nichts.«

»Irrtum. Es hat sich vieles geändert. Die USA sind aus dem Leim geraten. Ihr Werk.«

»Ich habe nur publiziert, was Professor Mortonson errechnet hat. Und wie ich jetzt weiß, nicht nur er. Auch Sotow in Rußland, Peter Pohle in Deutschland und eine Reihe anderer Astronomen. Warum hängt man Mortonson nicht auf?!«

»Das ist unmöglich.«

»Aha! Aber mich wollt ihr ...«

»Mortonson hat sich schon vor Tagen vergiftet. Er wollte den Weltuntergang nicht miterleben. Peter Pohle ist in einem Irrenhaus. Sotow? Aus Rußland kommt keine Nachricht.«

»Aber sie können sich doch nicht alle geirrt haben!« schrie Masters. »Das gibt es doch nicht! Die Mathematik ist die exakteste Wissenschaft. Eine Zahl ist eine Zahl, und die steht!«

»Aber ein Komet ist anscheinend wie eine schöne Frau: gefährlich, launisch und unberechenbar. Weiß ich es?« Der Chef des FBI hob die Schultern. »Warten wir die Erklärungen der Wissenschaftler ab. Sie werden sicher die Ursache ermitteln können. Man kann alles erklären, selbst Phänomene.« Er trat ans Fenster und blickte in den nachtgrauen Wolkenhimmel. »Auf jeden Fall leben wir noch ... und es schneit. Das sieht nicht nach Weltende aus.«

Aus den Fernschreibern tickten wieder seitenlange Meldungen. Auf den Straßen begann ein neues Chaos: das Zurückfluten in die Städte. Durch die Straßen zogen Plündarertrupps und lieferten der Polizei Gefechte. Noch waren die Geschäfte verlassen, noch konnte man sich eindecken ... der Weltuntergang fand nicht statt.

Und eine erste Stimme erhob sich . . . der Kommentator des Fernsehsenders RBC fragte: »Wo ist Herp Masters? «

»Es geht los, Herp —«, sagte der FBI-Chef. »Leider bin ich Beamter und kann meiner Neigung nicht nachgeben, Sie mit einem Schild um den Hals auf die Straße zu schicken.« Er trat zu Masters und legte ihm die Hand auf die Schulter. »Herp Masters, ich verhafte Sie wegen eines Verbrechens, für das es noch keinen Namen gibt.« Und dann leiser: »Ich nehme an, kein Richter kann Sie verurteilen . . . aber Sie werden für den Rest Ihres Lebens in einem Zimmer leben, dessen Tür keine Klinke hat . . .«

*

Mitternacht in Europa.

Der 5. Januar. Null Uhr.

Die Glocken begannen zu läuten.

Peter Pohle verschlief diesen Beginn des 5. Januar, betäubt von zwei neuen Injektionen. Erika saß mit den Zwillingen am Fenster, der Komet verbarg sich hinter einer Wolkendecke, aber diese Decke begann nicht rot zu werden, flammte nicht auf, verdunstete nicht zu kochendem Wasser, kein brüllendes Rauschen erfüllte die Luft . . . es war ganz still, nur das Läuten der Glocken schwang durch die Kälte und drang tief ins Herz.

»Wir wollen beten —«, sagte Erika zu den Kindern. Ihre Stimme schwankte, sie blickte hinüber zu dem Bett, wo Peter lag, bleich, als sei er schon gestorben. »Beten für Vati, daß er bald gesund wird. Beten, daß der liebe Gott die Welt immer so schön erhält wie sie jetzt ist. Beten, daß . . . daß . . .« Sie senkte den Kopf.

»Mutti, du weinst ja«, sagte Monika. »Warum weinst du denn, Mutti? Wegen Papi?«

»Ich bin so glücklich«, sagte Erika.

»So glücklich ...«

»Und da muß man weinen, Mutti?«

»Ja, mein Kleines, ja.« Sie zog die Kinder an sich und dachte mit Schaudern daran, daß diese jetzt schon einige Stunden tot gewesen wären, wenn sie nicht zum erstenmal gegen ihren Mann gekämpft hätte. Vergiftet von dem eigenen Vater, der einen Kometen vom Himmel fallen sah.

»Wir wollen doch für Vati beten, Mami ... Oder mußt du weiter weinen ...?«

Erika schüttelte den Kopf. Sie faltete die Hände, und die Zwillinge taten es ihr nach. Dann beteten sie, und die Glocken läuteten dazu, und in diesem Augenblick hätte die Welt untergehen können, so frei waren ihre Seelen und losgelöst von allem Irdischen.

Später schliefen die Zwillinge in dem zweiten Bett, das man ins Zimmer gestellt hatte. Erika saß wieder am Fenster und beobachtete den Schnee, der lautlos aus dem grauen Himmel rieselte. Die Glocken schwiegen ... sie hatten eine Stunde lang geläutet, und es hatte bei den Pfarrämtern Beschwerden, böse Worte und massive Beschimpfungen gehagelt.

Um vier Uhr früh kam der Chefarzt ins Zimmer. Er war etwas angeheitert, roch nach Schnaps und benahm sich wie nach einer Karnevalssitzung. Er setzte sich bei Peter Pohle auf die Bettkante, tätschelte dem Betäubten die Wangen und lachte.

»Daß er das verschlafen muß!« sagte er fröhlich. »Die Erde rumpelt weiter ihre Bahn. Morgen früh bekommt er keine Injektion. Das will ich sehen, was er sagt, wenn ich ihn begrüße: Guten Morgen, mein Lieber. Heute ist der 6. Januar ...«

Erika Pohle rührte sich nicht von ihrem Fensterplatz. Aber in ihren Augen lag so viel Verachtung, daß der Chefarzt sofort aufhörte, dem schlafenden Peter das Gesicht zu tätscheln. Er schlug die Beine übereinander und bemühte sich, trotz seiner Trunkenheit aufrecht zu sitzen und den Kopf ruhig zu halten.

»Haben Sie keinen Sinn für Humor, gnädige Frau?« sagte er etwas zu gönnerhaft. »Gerade jetzt sollten Sie überschäumen vor Glück.«

»Warum?« Erika blickte hinüber zu den Zwillingen. »Weil Sie sich über meinen Mann lustig machen?«

»Es scheint bei den Astronomen wie bei den Meteorologen zu sein: Sie haben immer erst hinterher eine Erklärung, warum alles anders gekommen ist. Wie unsere Pathologen: Wenn der Patient tot ist und sie ihn seziert haben, sagen sie, was wirklich los war. Auf die Sektion des Kohatek bin ich sehr gespannt.«

Sie haben doch selbst an den Untergang der Welt geglaubt ...«

»Ich? Nie!« Der Chefarzt lachte etwas unsicher.

»Hätte man Sie sonst mit Gewalt im Kasino festgehalten?«

»Übereifrige Beamten, das war alles. Typisch deutsche Überperfektion, dieses Mal auf höchster Geheimhaltungsstufe. Wir haben das als Witz angesehen.«

»Auch die schwere Verletzung Ihres Oberarztes?«

»Bin ich mein Oberarzt?« Der Chefarzt erhob sich abrupt. Plötzlich wirkte er sehr nüchtern. »Wir werden uns über die Fülle von Problemen, die sich nun ergeben, noch eingehend zu unterhalten haben, bevor weitere Entscheidungen fallen.«

»Das ist es, was ich fragen wollte: Wenn mein Mann aufwacht, können wir dann endlich nach Hause?«

»Sie, gnädige Frau, und die Kinder jederzeit.«

»Und mein Mann?«

»Er nicht!«

»Warum nicht?«

»Er wurde polizeilich und durch einen Beschluß des Verwahrungsrichters eingewiesen ... ich kann ihn auch nur wieder nach gründlichen Untersuchungen entlassen.«

»Was wollen Sie denn untersuchen?«

»Den Geisteszustand Ihres Gatten.«

»Sie halten Peter also für verrückt?«

»Man kann ihm — bei Wertung aller Dinge, die vorgekommen sind — eine gewisse Abnormität nicht absprechen. Ich nehme doch an, gnädige Frau, daß Sie das einsehen.«

»Das fragen Sie mich auch noch?« Erika sprang auf. Sie ballte die Fäuste, aber sie wußte, daß es sinnlos war, in einem Zimmer, das ein vergittertes Fenster und keine Türklinken besaß, zu schreien oder irgend etwas zu tun, was man als Schwäche ihrer Nerven auslegen konnte. »Peter ist so normal wie Sie und ich!«

»Das werden wir selbstverständlich genau durchtesten, gnädige Frau. Dazu sind wir ja da.« Der Chefarzt steckte die Hände in die Taschen seines weißen Arztmantels. »Uns wird zunächst und bei allen Untersuchungen die wirklich sehr delikate Frage beschäftigen: Was wäre passiert, wenn wir Dr. Pohle *nicht* rechtzeitig unter Verschluß genommen hätten?«

»Nichts!« rief Erika.

»So einfach liegen die Dinge nicht.«

»Allerdings! Peter wollte nur, daß wir nach Australien

fliegen. Weiter nichts. Er wollte uns in Sicherheit bringen ... ist das eine Verrücktheit? Niemandem hätte er von seinen Berechnungen erzählt, das weiß ich, das hat er mir gesagt ... aber als Sie ihn dann einsperrten, als wir nicht nach Australien flogen, als er meinte, wir würden alle vernichtet, da erst sagte er die Wahrheit! Und auch Sie glaubten daran.«

»Das ist doch lächerlich. Gnädige Frau, verzeihen Sie, aber ich muß da einen großen Irrtum Ihrerseits korrigieren.« Der Chefarzt der Psychiatrischen Klinik spielte nervös mit den Fingern in den Manteltaschen. »Es gehört zu den Grundlehren der Psychiatrie, zunächst auf die Wahnideen der Kranken einzugehen, um sie zu lokkern, um voll einzudringen in Ihre Gedankenwelt ...«

»Sie waren bleich wie Ihr weißer Mantel, als Peter Ihnen vorrechnete, daß am 5. Januar der Kohatek auf die Erde fällt. Sie haben zu ihm gesagt: Alle Türen stehen Ihnen ab sofort offen ... und mein Mann hat geantwortet: Jetzt ist es bereits zu spät. Da sind Sie und Ihre Oberärzte wie in Panik davongelaufen ...«

»Das ist Ihre Version! Und sie ist absurd!« Der Chefarzt wurde lauter, als er wollte. »Jeder, dem Sie das erzählen, wird Sie auslachen, gnädige Frau!«

»Ich werde es beschwören ...«

»Das steht Ihnen frei ... aber Sie werden es sich gefallen lassen müssen, daß man Sie von Amts wegen daraufhin untersucht, ob Sie von der Psychose Ihres Gatten seelisch nicht völlig entpersönlicht wurden.«

»Sie drohen mir?« fragte Erika gefährlich leise. »Sie drohen mir also, mich ebenfalls, wenn ich die Wahrheit sage, für verrückt zu erklären? Solch ein Feigling sind Sie, Herr Professor, solch ein mieser Feigling?«

»Sie sind aus gutem Grund erregt, gnädige Frau.« Der

Chefarzt wandte sich ab und ging zur Tür. Dort drehte er sich noch einmal um und lehnte sich an den Türrahmen. »Jeder wird Ihre Gemütsverfassung verstehen, nach den schweren Tagen, die Sie so tapfer durchgestanden haben. Jetzt brauchen Sie Ruhe. Morgen sieht die Welt schon ganz anders aus . . .« Er lachte über seinen zweideutigen Scherz in diesem Zusammenhang. »Ich bin sicher, daß wir dann ein Gespräch frei von allen jetzigen Leidenschaften führen können.«

»Ich will mit meinem Mann und den Kindern nach Hause!« schrie Erika. Jetzt nahm sie keine Rücksicht mehr darauf, daß die Kinder aufwachen könnten. Aber die Zwillinge schliefen weiter, übermüdet von der Nacht, in der die Welt untergehen sollte und in der dann nur die Glocken geläutet hatten und man für den kranken Papi beten mußte.

»Ich habe dem Personal gesagt, daß Sie jederzeit die Klinik verlassen können, gnädige Frau.«

»Mit meinem Mann.«

»Ohne Ihren Mann.«

»Ich werde so lange und so laut schreien, bis man mich hört!«

»Wir werden Sie beruhigen.«

»Ich werde sofort unsere Anwälte alarmieren.«

»Bitte.« Der Chefarzt hob die breiten Schultern. »Das wird sowieso nötig sein. Ihr Gatte ist nicht bloß einer unserer Patienten . . . er wird in einen behördlichen Sog hineingeraten, aus dem es sehr schwer sein wird, sich wieder freizuschwimmen. Wir können jedenfalls für uns das große Lob in Anspruch nehmen, ihn rechtzeitig, umsichtig und die Lage erkennend aus dem Verkehr gezogen zu haben, bevor es überhaupt zu einem unausdenkbaren Unheil kommen konnte. Alles jetzt Folgende wird von der Einigkeit einer Vielzahl von Behörden abhängen, die Ihren Gatten beurteilen ...«

Er verbeugte sich knapp, warf noch einen schnellen Blick auf den schlafenden Peter Pohle und verließ dann das Zimmer.

Die Tür klappte zu ... die Tür ohne Klinke. Ein Zimmer, aus dem man nicht entrinnen konnte.

Ich muß hier raus, dachte Erika und trat wieder an das Fenster. Draußen schneite es dicke Flocken, die wie ein gehäkelter weißer Vorhang am Fenster vorbeiwehten. Sie preßte die Stirn gegen das Glas und schloß die Augen.

Wir müssen hier raus, so schnell wie möglich. Wie kann ich Peter von hier wegschaffen? Mein Gott, schick mir eine Idee: Wie kann ich Peter retten ...?

*

In New York hatten regelrechte Straßenschlachten zwischen Polizei, Plünderern und den zurückströmenden Bürgern begonnen.

Die Polizei schaffte es nicht mehr; Militär mit Panzern und automatischen Feuerwaffen rollte wie bei einer Revolution durch die Stadtviertel und säuberte sie. Fast pausenlos wurde über Funk, Fernsehen und über Lautsprecherwagen ein Aufruf von Präsident Garrison, der zur Vernunft mahnte, verlesen. Bürgerwehren wurden schnell gebildet, und wie zur Zeit der Kolonisation wurde der Plünderer an Ort und Stelle erschossen. Das alte, gnadenlose Western-Gesetz herrschte wieder: Die schnellste Hand siegt. Und trotzdem gingen in diesen Stunden Werte von Millionen Dollar verloren, wurde ein Schaden angerichtet, den niemand auch nur schätzungsweise zu nennen wagte.

Das FBI hatte in diesen ersten Stunden des 5. Januar anderes zu tun, als sich um Herp Masters zu kümmern. Man sperrte ihn in eine der Hauszellen und schickte Lil Abbot, die nicht gehen wollte, nach Hause. Sie blieb vor dem FBI-Gebäude auf der Straße stehen, lehnte weinend an der Hauswand und irrte dann durch die Straßen, die von den zurückströmenden Flüchtlingen heillos verstopft waren.

Als sie ganz in ihrer Nähe das Rattern von Maschinenpistolen hörte, flüchtete sie in eine Telefonzelle und kauerte sich zitternd auf den Boden.

Ein Telefon. Sie blickte zu dem schwarzen Kasten hinauf und erinnerte sich plötzlich, daß Herpi ein paarmal von einem berühmten Rechtsanwalt gesprochen hatte, den er bei großen Prozessen kennengelernt und über den er einige Berichte geschrieben hatte. Sie hatten sich dann ein paarmal getroffen, und Herp Masters trug von da ab den Plan mit sich herum, über Mr. John Hopman ein Buch zu schreiben, einen Bestseller, den ganz Amerika verschlingen mußte: »Meine großen Freisprüche«.

John Hopman ...

Lil erhob sich vom Boden, hängte den Hörer aus und suchte dann im Telefonbuch Hopmans Nummer. Als sie sie gefunden hatte, wählte sie und wartete. Es dauerte qualvoll lange, bis sich eine Stimme meldete. Eine sehr helle Stimme.

»Hopman ...«

»Lil Abbot. Mr. Hopman, ich muß Sie sofort sprechen ...«

»Kennen wir uns, Mrs. Abbot?«

»Miß Abbot.«

»Verzeihung, das kann man am Telefon nicht sehen.«

»Ich bin die Braut von Herp Masters, Sir . . .«

Auf der anderen Seite war nichts mehr zu hören. Er hat aufgelegt, durchfuhr es Lil eiskalt. Er hat einfach aufgelegt, als er Herps Namen hörte. Gibt es denn auf der ganzen Welt keinen Menschen mehr, der Herp noch ertragen kann? Darf sich denn ein Mensch nicht irren?!

»Hallo!« schrie sie in den Hörer. »Hallo, Mr. Hopman. Sind Sie noch da . . .?!«

»Ich bin noch da«, antwortete die helle Stimme. »Miß Abbot, Sie sind mein erster Anruf! Ich bin vor zehn Minuten erst zurückgekehrt . . . ich war auf dem Wege in das Gebirge . . .«

»Sie . . . Sie auch, Mr. Hopman?« Lil begann wieder zu weinen. »Dann brauche ich nicht weiterzusprechen. Leben Sie wohl, Mr. Hopman . . .«

»Halt, Miß Abbot! Legen Sie nicht auf. Wo sind Sie?« Die helle Stimme wurde eindringlich. »Natürlich ich auch! Jeder liebt sein Leben und rennt dafür um die ganze Welt, wenn's was nützt. Hören Sie . . . wo ist Ihr Freund? Wenn Sie es wissen, dann rennen Sie, so schnell Sie können, und warnen Sie ihn! Seit einer Stunde spielt man um den bekanntesten Mann der Staaten verrückt. Die Rundfunksender blasen zur Kopfjagd! Die letzte Meldung: Herp Masters sitzt beim FBI . . .«

»Das stimmt, Mr. Hopman«, sagte Lil und sank mit der Stirn gegen den schwarzen Telefonkasten.

»Himmel nochmal! Es sind mehrere Tausend unterwegs, um das FBI-Gebäude zu stürmen und Masters herauszuholen. Sie wollen ihn lynchen. Miß Abbot, kommen Sie sofort zu mir!«

»Ich muß zurück zum FBI!« schrie Lil. Ihre Stimme überschlug sich. »Ich muß zu Herpi . . .«

»Lil!« brüllte Hopman. Aber Lil hatte den Hörer fallen lassen. Er pendelte an der Schnur, und Hopmans Stimme gellte in die Leere. »Lil ...«

Sie rannte den Weg zurück zum FBI-Gebäude, boxte sich durch die Menschenmenge, die wieder über die Straßen flutete, und sah schon von weitem, von Lautsprecherschreien, die zur Vernunft mahnten, überdeckt, die Masse aus Köpfen und Armen, die sich heranwälzte ... ein Block aus Tausenden Menschen, zur Rache bereit an dem einzigen Mann, der mit genau 176 Zeitungszeilen Amerika aus den Angeln gehoben hatte.

*

Im FBI-Gebäude hatte man aus der Waffenkammer an alle Insassen des Hauses Waffen ausgegeben. Tränengasbomben lagen bereit, sogar Granatwerfer und schwere Maschinengewehre. Vom Dach und aus dem Fenster der zweiten Etage dröhnten Lautsprecher. Der Chef des New Yorker FBI versuchte, mit Worten den heranmarschierenden Mord aufzuhalten.

Unterdessen liefen die Telefone heiß. Militär wurde angefordert, eine Panzerkolonne, die zu Hilfe kommen wollte, stand, von Tausenden Autos eingekeilt, bewegungslos in den Straßen New Yorks. Die Polizei konnte nicht helfen, sie beherrschte kaum den Mob, der noch immer die leerstehenden Geschäfte plünderte. Vor allem aus Harlem und der Bowery strömten Menschenscharen in die Innenstadt, um vornehmlich die großen Kaufhäuser und Supermärkte zu stürmen. Der Central-Park glich einem Schlachtfeld ... hier lagen sich die Plünderer und Militär in einem regelrechten Stellungskrieg gegenüber.

Vor dem FBI-Gebäude hielt das lautstarke Heer der

New Yorker Bürger. Nicht nur das FBI hatte Lautsprecher, auch aus der vieltausendköpfigen Masse ragten die runden Verstärker hervor.

»Gebt uns Herp Masters raus!« brüllte eine Stimme. Ein Geheul, das allen anderen Lärm übertönte, begleitete diesen ersten Satz. »Wollt ihr noch mehr Menschen opfern, um diesen einen Saukerl zu schützen? Gebt ihn raus! Schickt ihn einfach vor die Tür! Mehr wollen wir nicht!«

Der FBI-Chef, der hinter seinem Lautsprecher im zweiten Stockwerk stand, starrte hinunter auf die Masse. Es gab keine Straße mehr — nur noch eine Masse aus Köpfen und Gliedmaßen. So weit er blicken konnte: nur Menschen, denen die Rache jetzt ebenso die Vernunft raubte, wie Stunden vorher die Angst um ihr eigenes Leben, die Angst vor dem Kometen Kohatek, der die Welt vernichten sollte.

»Wie lange können wir sie aufhalten? « fragte er nach hinten.

»Wenn sie zu stürmen beginnen . . . ein paar Minuten«, antwortete einer der FBI-Männer. Er hatte, wie die anderen, eine Panzerweste umgeschnallt, die Gasmaske baumelte vor der Brust. »So viele können wir gar nicht erschießen. Und wir müssen auf den Mann halten . . . Schüsse in die Luft schrecken die nicht mehr ab.«

»Tränengas . . .«

»Die stürmen auch weinend weiter. Die sind toll vor Rache.«

»Ich kann doch Herp nicht einfach rausschicken! Leute, wir vertreten hier das Gesetz . . .«

»Wo ist das Gesetz, Sir? « Einer der FBI-Beamten zeigte auf die Straße. Dort quoll ein rhythmisches Gebrüll auf: »Herpi raus! Herpi raus! Herpi raus!« Der FBI-

Mann trat vom Fenster zurück. »Da ist jetzt das Gesetz. Wir kommen dagegen nicht mehr an.«

»Wir müssen uns halten, bis Militär kommt.«

»Unmöglich. Die da draußen kümmern keine Verluste mehr. Ob wir hundert oder vierhundert treffen ... sie werden über die Toten klettern und weiterstürmen. Können wir das verantworten? Hunderte von Toten?«

»Das ist Verteidigung, James!« brüllte der FBI-Chef. »*Wir* werden angegriffen!«

»Und warum? Wegen eines kleinen Schmierfinken, der ganz Amerika auf dem Gewissen hat.«

»Ich kann ihn nicht ausliefern! Das wißt ihr alle so gut wie ich.« Der FBI-Chef trat ins Zimmer zurück. »Tränengaswerfer bereithalten. An alle Fenster Maschinengewehre. Auf den Hof die Granatwerfer. Für alle Feuer frei, wenn der Mob zu stürmen beginnt!« Er ging zum Telefon. Die FBI-Zentrale in Washington fragte an, wie die Lage sei. »Beschissen!« schrie er. »Wir erwarten jede Minute den Sturm. Militär kommt nicht durch. Ich habe Hubschrauber angefordert. Mein Gott, das gibt ein Abschlachten! Wißt ihr in Washington einen besseren Rat als den, Herp Masters zu übergeben?«

»Nur eine Idee.« Der Mann in Washington sprach ganz ruhig. »Überlegt es euch. Bringt Herp weg. Ist der Hinterausgang auch belagert?«

»Noch nicht.«

»Dann raus mit ihm.«

»Und wohin?«

»Das ... ist Herps Sache, Henry. Machen Sie's gut und vermeiden Sie unnötiges Blutvergießen.«

»Ihr habt gut reden in Washington!« schrie der FBI-Chef von New York. »Ihr habt einen warmen Arsch! Ende!« Er warf den Hörer weg und trat ans Fenster zurück.

Der Sprechchor schien New Yorks Himmel erobert zu haben. Es gab keinen anderen Laut mehr als »Herpi raus! Herpi raus!« Es war, als schrien selbst die Häuser mit und jedes Fenster sei ein aufgerissener Mund.

Eingekeilt in der tobenden Menge stand Lil Abbot und starrte zu dem FBI-Gebäude. Was taten sie jetzt da drinnen? Schickten sie tatsächlich Herp an die Tür? Kapitulierten sie? War es ihnen zu verübeln ... ein Mann gegen Hunderte Tote?

»Rettet Herpi!« schrie sie mit ihrer hellen Stimme. Sie ging heillos unter in dem Gebrüll, nur die ihr am nächsten Stehenden hörten sie und sahen sie entgeistert an. Die Köpfe ihrer Nebenmenschen fuhren zu ihr herum, gerötete Gesichter, vom Fanatismus verzerrt.

»Rettet Herpi!« schrie sie weiter.

»Rettet ihn!«

Jemand schlug ihr mit der flachen Hand auf den Mund, brüllte: »Dämliche Hure!«, ein anderer schlug ihr mit einem Autoheber auf den Kopf. Lil spürte, wie Blut aus ihrem Mund schoß und über das Kinn den Hals hinunterlief, ihre Beine knickten ein, aber sie konnte nicht umfallen, sie wurde aufrecht gehalten vom Druck Tausender Körper ... so blieb sie stehen, hing in diesem wogenden Gefüge, legte den blutenden Kopf auf die Schulter des Vordermannes und krallte sich links und rechts irgendwo in Körpern fest.

»Er hat das doch nicht gewollt ...«, stammelte sie, ein Hauch nur in dem Sturm der Sprechchöre. »Er hat daran geglaubt ... muß man denn sterben, wenn man an etwas glaubt ...? «

Herp Masters wurde aus seiner Zelle geführt. Das Gebrüll hatte er bis unter die Erde gehört . . . aber erst jetzt, wo er in die untere Halle kam, prallte ihm der tausendfache Schrei verständlich entgegen: »Herpi raus! Herpi raus!«

Er blieb stehen und sah den FBI-Chef ruhig an.

»Schicken Sie mich hinaus, Sir«, sagte er. »Dann ist alles nicht mehr Ihr Problem.«

»Sie haben eine geniale Gabe, alles zu vereinfachen! Mein Problem fängt dann erst an! Bin ich ein Mörder?«

»Sie werden es, wenn die da draußen das Gebäude stürmen.«

»Das ist mir klar. Deshalb werden Sie jetzt weggebracht...«

»Wohin?«

»Warten Sie es ab.«

»Es gibt keinen sicheren Ort mehr auf der Welt für mich!«

»Gehen wir.«

Der FBI-Chef ging voraus. Sie kamen in den Innenhof, wo die Fahrzeuge aufgereiht waren. Ein VW stand bereit, ein unscheinbarer, dunkelgrün lackierter Wagen. Ein Fahrer in einem billigen Anzug saß schon hinter dem Steuer, der Motor lief.

»Steigen Sie ein!« sagte der FBI-Chef mit rostiger Stimme.

»Wo ist Lil?« Masters blieb an der Autotür stehen.

»Wir haben sie nach Hause geschickt.«

»Und sie ist gegangen?«

»Hier ist kein Asyl, Herp.«

»Dann will ich zu Hack's Hotel gebracht werden.«

»Wohl verrückt, was? Dort lyncht man Sie sofort und hängt sie an den schäbigen Kronleuchter in der Halle.«

»Ist das nicht mein Problem, Sir?«

»Nein! Wir bringen Sie weg ... aber wir liefern Sie nicht bewußt dort ab, wo man Sie umbringt. Dann brauchten wir jetzt nur das Tor aufzumachen.«

Herp Masters sah sich um. Die Granatwerfer standen schußbereit, die Tränengasschleudern hatten ihre Rohre auf das Tor gerichtet.

»Und wenn ich nicht mehr leben will?« sagte er leise.

Der FBI-Chef antwortete darauf nicht. Aus den Fenstern des Hauptquartiers hämmerten jetzt Maschinengewehrsalven. Warnschüsse, noch in die Luft geschossen ... aber unten auf der Straße formierten sich die ersten Sturmkeile.

»Steigen Sie endlich ein, Herp!« knurrte der FBI-Chef. »Jede Minute entscheidet über ein Blutbad. Los, in den Wagen!«

Masters stieg ein, zog die Tür hinter sich zu und schloß die Augen. Der VW fuhr zu einem kleinen, schmalen Durchlaß, der in eine Nebenstraße mündete, erreichte das Freie und gliederte sich in die Blechflut ein, die sich auch hier träge durch die Straßen wälzte.

Zehn Minuten später, als man sicher war, daß Herp aus der unmittelbaren Reichweite hinaus war, trat der FBI-Chef wieder an den Lautsprecher. Über dem Gebäudekomplex kreisten jetzt Hubschrauber mit Rauch- und Tränengasbomben an Bord.

»Herp Masters ist nicht mehr bei uns!« rief der FBI-Chef in die tobende Menge hinunter. Dort hatte man alles zum Sturm gerüstet. Drei starke Autos standen in der ersten Reihe ... sie sollten als Rammbock das Tor aufbrechen.

»Lüge!« brüllte ein Lautsprecher aus der Menschenmenge zurück. »Gebt ihn heraus.«

»Ein Hubschrauber hat ihn abgeholt! Überzeugt euch selbst. Wir öffnen das Tor und lassen eine Delegation ins Haus. Sie kann alles durchsuchen! Herp Masters ist nicht mehr bei uns!«

Ein Wutgeheul antwortete. Die Menschenwoge brandete nach vorn. Rache! Rache! Rache!

Lil Abbot wurde mitgerissen. Mechanisch setzte sie Schritt vor Schritt. Herp ist nicht mehr da, dachte sie und begann vor Glück zu weinen. Sie kriegen ihn nicht . . . sie können ihn nicht in Stücke reißen . . . er wird weiterleben . . . Herpi . . .

Drei Stunden später, irgendwo am Hudson, hielt der VW. Der Fahrer nickte Masters zu, sein Mund war verkniffen.

»Steig aus, Sauhund!« sagte er. »Los, steig aus!«

»Hier?«

»Wo sonst?«

»Und dann?«

»Das ist deine Sache. Ich habe den Befehl, dich irgendwohin zu bringen und auszusetzen. Was du von jetzt ab machst, ist nicht mehr Sache des FBI. Von mir aus geh zu Hack's Hotel zurück.«

»Danke.« Herp stieg aus und tippte an den Kopf. Sein Gesicht war wie versteinert. »Ihr habt getan, was ihr tun konntet. Ihr seid feine Kerle. Ich komme schon durch.«

»Hoffentlich nicht. Und wenn du durchkommst, du Schwein, dann sieh dir an, was du angerichtet hast. Vielleicht hängst du dich dann selbst auf!«

Der VW fuhr an und verschwand schnell in dem Gewirr der Hafenanlagen. Masters blickte ihm nach, ging dann hinüber zum Quai und starrte in das schmutzige Wasser des Hudson.

Wie überlebt man, dachte er. Wie muß ein Mensch

wie ich sich benehmen, um die nächste Zeit durchzustehen? Ganz Amerika kennt mich, ich bin der bestgehaßte und meistgesuchte Mann der USA, meinen Namen nennt jeder . . . und wie habe ich von diesem Ruhm geträumt! Der große Schriftsteller Herp Masters. Amerikas neuester Bestseller-Autor. Der Pulitzer-Preis für Herp Masters . . . und jetzt stehe ich am Hudson, berühmt wie kein zweiter vor mir, doch gejagt von einer ganzen Nation. . .

Er setzte sich auf einen eisernen Poller, legte die Beine auf die Nylontrossen, mit denen an dem Poller ein Schiff vertäut war, und fand in seiner Tasche noch eine Zigarette. Die letzte. Vielleicht die letzte in diesem Leben, dachte er, steckte sie an und rauchte sie langsam und genußvoll.

Um die Ecke eines Schuppens herum beobachtete ihn ein Mädchen . . . ein kleines Mädchen von etwa zehn Jahren mit flachsblonden Haaren und ausgewaschenen blauen Jeans.

*

Erika Pohle hatte es geschafft, mit ihrem Anwalt zu telefonieren. Er kam sofort hinaus in die Psychiatrische Klinik und traf dort auf eine eisige Mauer von Ablehnung, ja Feindschaft. Der Chefarzt ließ sich nicht sprechen, er war angeblich in einer langwierigen Behandlung mit Elektroschocks, der Oberarzt konnte keine Auskunft geben und auch nicht die Genehmigung, mit dem Patienten Dr. Pohle zu sprechen. Die gnädige Frau? Selbstverständlich. Sie war ja keine Patientin . . . noch nicht . . . und die Kinder natürlich auch nicht. Aber Dr. Pohle bedurfte noch der völligen Isolierung.

Der Anwalt — der junge Dr. Richard Wenzler — sah keine Möglichkeit, diese starke Front der Ärzte im Augenblick zu durchbrechen. Er telefonierte mit dem Innenministerium, dem Verwahrungsgericht, dem Justizminister des Landes . . . es war vorauszusehen, daß alle Stellen die gleiche Antwort gaben: Alle Entscheidungen hängen von dem Gutachten der Ärzte ab.

Die Schlange biß sich in den eigenen Schwanz.

Dr. Wenzler nahm den Kampf auf . . . nicht, weil er dafür bezahlt wurde oder Dr. Pohle ihm besonders sympathisch war. Nein, für ihn war es jetzt ein Kampf gegen die Zumauerung privater Schwächen: Man benutzte Dr. Pohle als Alibi für die eigene Unzulänglichkeit.

»Ich bekomme Ihren Mann heraus!« sagte Dr. Wenzler, als er mit Erika alles durchgesprochen hatte. Sie saßen in der großen, modern und sachlich eingerichteten Halle der Psychiatrischen Klinik. Man hatte Erika ein eigenes Zimmer eingerichtet, wo sie mit den Zwillingen wohnen konnte, bis sich das Schicksal Dr. Pohles entschieden hatte . . . ein Zugeständnis, das so selten war, daß Dr. Wenzler sagte: »Irgendwie zwickt die doch das schlechte Gewissen . . .«

»Und wie bekommen Sie Peter wieder frei?« fragte Erika leise und faßte hilfesuchend nach Wenzlers Hand.

»Ich habe den nötigen Dickschädel dazu! Ich bin Westfale! Als erstes machen wir die Presse mobil. Wie damals Emile Zola bei Dreyfus: Die öffentliche Meinung als Armee gegen das Unrecht . . .«

*

Die deutschen Zeitungen brachten den ›Fall Dr. Pohle‹ in einer auffälligen Aufmachung, aber es blieb eine Tagessensation ohne großes Echo. Die Mehrzahl der Leser betrachteten Dr. Pohle sowieso als »Spinner«, denn wer voraussagte, daß die Welt am 5. Januar hätte untergehen sollen, mußte nicht ganz normal sein. Daß man ihn einsperrte, war nur zu natürlich, und daß nun die Presse ein solches Hallo darum machte, betrachtete man als typisch für die sonst so stillen Tage nach Neujahr, wo weder Krisen noch andere altgewohnte Belastungen wie Teuerungen oder Streit in der Regierungskoalition Stoff für einen Mehrspalten-Artikel hergaben. Mit anderen Worten: Dr. Wenzlers Publikumsaktion verpuffte noch am gleichen Abend, als die Tageszeitungen in die Mülltonnen wanderten. Wen interessiert schon ein Astronom, den man für verrückt erklärt?

Der Chefarzt, der nach dieser Presse-Kampagne endlich auch für Dr. Wenzler zu sprechen war und keine dringenden Elektroschocks mehr vorschob, lächelte mokant, als ihm der junge Anwalt gegenübersaß.

»Ihr Eifer, lieber Dr. Wenzler, ist fatal«, sagte er mit der Jovialität, die in dieser Situation geradezu beleidigend war. »Ihr Schuß nach vorn wurde zum Rohrkrepierer. Es steht Ihnen frei, mit Dr. Pohle zu sprechen. Er fühlt sich wohl, ist in einem blendenden körperlichen Zustand, spielt mit seinen Zwillingen ›Mensch-ärgere-dich-nicht‹, was ich Ihnen übrigens auch empfehle, und hat gar nicht den Wunsch, entlassen zu werden. Was sagen Sie nun?«

»Das glaube ich nicht«, antwortete Dr. Wenzler abweisend.

»Bitte sprechen Sie ihn selbst. Als er am 6. Januar aus seiner Ruhigstellung aufwachte und die Welt nicht in Trümmern lag – wozu ich ihm übrigens gratulierte –, bat er darum, eine Expertise über seinen Geisteszustand zu erarbeiten. Er bat selbst darum, Herr Dr. Wenzler!« Der Chefarzt wippte mit dem Schreibtischstuhl und trommelte mit dem Bleistift auf die Schreibunterlage aus Leder. »Uns ist klar, warum er das tut. Er will es schriftlich haben, daß er normal ist. Dann will er zurückkehren an seinen Arbeitsplatz in St. Agatha und nachrechnen, warum der Komet Kohatek die Erde nicht gerammt hat. Aber das weiß man mittlerweile. Amerikanische und russische Astronomen haben die Lösung: Durch irgendeinen ungeheuren magnetischen Einfluß im Zwischenfeld von Jupiter und Mars ist der Komet plötzlich abgeschwenkt. 175 Millionen Kilometer von der Erde entfernt.«

»Ich habe es auch gelesen.« Dr. Wenzler erhob sich abrupt. »Kann ich meinen Mandanten jetzt sehen?«

»Aber natürlich.« Der Chefarzt erhob sich gleichfalls. »Sie werden erfreut und verwundert sein, wie wohl sich Dr. Pohle fühlt.«

*

Peter Pohle empfing Dr. Wenzler wie ein zufriedener Hausvater. Seine Kinder spielten in dem Krankenzimmer mit einer Eisenbahn, Erika saß zwischen den Schienen und stellte die Weichen, und niemand schien sich daran zu stören, daß das Fenster draußen vergittert war und die Tür keine Klinke hatte. Nur auf Klopfen hin kam der Pfleger, öffnete und nahm die Wünsche entgegen.

Erschüttert ließ sich Dr. Wenzler auf das Bett fallen, als der Chefarzt gegangen war und sie allein waren.

»Das ist doch nicht normal, Dr. Pohle«, sagte er gepreßt. »Mann, Sie sind doch nicht verrückt! Warum spielen Sie denn hier den harmlosen Irren?! Ich will Sie rausholen, mache die Presse wild, und Sie spielen im Irrenhaus Eisenbahn ...«

»Mit Protesten komme ich nicht frei —«, sagte Peter Pohle leise. »Lautstarke Beschwerden würden nur zum Gegenteil führen. Ihr Presserummel hat mir mehr geschadet als genützt. Ich weiß, ich weiß ... hier geschieht ein himmelschreiendes Unrecht! Kein Gesetz ist anwendbar, um mich hierzuhalten. Aber wir leben noch in einer Ausnahmesituation, das dürfen wir nicht vergessen.«

»Wieso Ausnahmesituation? Der Komet ist nicht auf die Erde gefallen!«

»Ich hatte gestern abend Besuch von einem Herrn der Regierung. Wer es war, das darf ich nicht sagen. Dieser Herr hat mir offiziell mitgeteilt, daß ich am 1. Februar entlassen werde.« Peter Pohle trat in den Kreis der Schiene, hockte sich nieder und richtete eine umgefallene Lok wieder auf. Erika hob hilflos die Schultern, als Dr. Wenzler sie entgeistert anstarrte. Ich habe dazu nichts mehr zu sagen, hieß das. Ich habe es mir abgewöhnt, mich jetzt noch über irgend etwas zu wundern.

»Wieso gerade am 1. Februar?« fragte Dr. Wenzler.

»Dann ist der Komet Kohatek aus der unmittelbaren Erdnähe wieder heraus und verschwindet in der Weite des Weltalls.« Peter Pohle ließ die Spielzeugeisenbahn wieder kreisen, die Zwillinge jauchzten vor Vergnügen.

»Wissen Sie, wie groß das Universum ist? Nach unseren Berechnungen hat es einen Radius von 3500 Millionen Lichtjahren. Da das Licht in einer Sekunde eine Entfernung von 300 000 Kilometern zurücklegt, bedeutet das, daß ein Lichtjahr zehn Billionen Kilometer sind. Nun rechnen Sie sich aus, welche Entfernung 3500 Millionen Lichtjahre ergeben und welchen Weg der gute Kohatek noch vor sich hat.«

»Verrückt!« Dr. Wenzler schloß seinen flachen Aktenkoffer auf und entnahm ihm einige Zeitungen. »Haben Sie schon gelesen, was in den USA los ist?« fragte er.

»Nein. Ich bekomme keine Zeitungen. Die Ärzte sind nur so nett, mir das Neueste zu erzählen.«

»In New York herrschen Chaos und Gesetzlosigkeit. Polizei, Nationalgarde und Militär liefern sich regelrechte Schlachten gegen die Bevölkerung. Dort ist es einem Reporter — Herp Masters heißt der Kerl — gelungen, Professor Mortonsons Erduntergangs-Berechnungen zu bekommen, und er hat sie zwei Tage vor der angenommenen Katastrophe publiziert. Die Wirkung war grauenhaft. Jetzt hat man die Hysterie der Massen nicht mehr unter Kontrolle.«

»Da sehen Sie, warum man mich in eine Anstalt sperrte. Warum man so perfekt alles abschirmte. Das gleiche wäre in Europa passiert.« Peter Pohle überflog die Schlagzeilen ... Die einzige Möglichkeit, in Europa nicht nachträglich noch eine Hysterie zu erzeugen. »Schon diese Berichte sind gefährlich. Es gibt immer noch genug Leute, die sich daraus falsche Wahrheiten zimmern.«

»Und ... und Ihre Berechnungen, Dr. Pohle?« sagte Dr. Wenzler leise. »Wie war es damit?«

»Sie stimmten. Das Abschwenken des Kometen war nicht vorauszusehen. Wenn ich am 1. Februar hier heraus bin, zeige ich Ihnen in St. Agatha die Flugbahn des Kohatek, so wie er hätte fliegen *müssen!* Es gibt nichts Logischeres als die Mathematik, aber im Weltall werden wir immer wieder durch Unlogik überrascht. Wir können rechnen ... aber wir können Tatsachen nur ahnen! Wir sind eben nur ein Staubkorn im Universum.«

Peter Pohle zerknüllte eine Zeitung und warf sie in die Mitte des Zimmers. »Das ist unsere Galaxis —«, sagte er. »Unser Sternensystem also, mit der Milchstraße als Mittelpunkt. Wissen Sie, wieviel Sterne zu unserem Milchstraßensystem gehören? 100 Milliarden Sterne! Davon können wir mit dem bloßen Auge von der ganzen Erde aus nur etwa 5000 sehen! Da, dieser kleine Papierhaufen, das sind diese 100 Milliarden. Und wir sind nur ein mikroskopischer Punkt darin! Der nächste kompakte Himmelskörper ist 160 000 Lichtjahre weit entfernt ... das Satellitensternensystem der Großen Magellan-Wolke. Aber auch das ist ein kleiner Fisch ... die nächste Galaxis, in Größe und Aufbau mit unserem Sternensystem vergleichbar, ist der Andromeda-Nebel ... 2,2 Millionen Lichtjahre entfernt. Dr. Wenzler ... was ist da noch der Mensch?!«

Dr. Wenzler nickte und klappte den Aktenkoffer zu. »Ich sehe«, sagte er, »daß Sie mit anderen Maßstäben leben als andere Menschen.« Er blickte Peter Pohle nachdenklich an. »Lebt man eigentlich besser mit diesem Wissen? Ruhiger? Zufriedener?«

»Nein.« Peter Pohle ließ jetzt zwei Spielzeugzüge auf den Schienen kreisen, und die fröhlichen Zwillinge warteten gespannt darauf, daß sie zusammenstießen. »Aber man regt sich über Kleinigkeiten nicht mehr auf. Dazu gehört meine jetzige Isolierung. Ist sie eine Notwendigkeit — gut! Die Erde ist außer Gefahr, ich brauche nicht mehr darum zu kämpfen, Frau und Kinder zu retten.«

»Aber was mit Ihnen geschieht, ist eine bodenlose Frechheit!« rief Dr. Wenzler. »Man brüskiert das Recht!«

»Das ist Ihr Bier!« Peter Pohle lachte fröhlich. »Was wollen Sie noch tun, mein Lieber?«

»Diese Machenschaften aufdecken.«

»Gut. Werden Sie ein zweiter Michael Kohlhaas.«

»Ich werde Ihre volle Rehabilitierung durchfechten.«

»Das wird Ihnen auch gelingen, Dr. Wenzler.«

»Ich will, daß Sie nicht als Spinner gelten, sondern daß Ihre Berechnungen im nachhinein anerkannt werden.«

»*Das* werden Sie nie erreichen! Dieser 5. Januar wird als ein normaler Tag wie alle Tage gelten.«

»In den USA nicht!«

»Wir leben in Deutschland, lieber Dr. Wenzler.« Peter Pohle vergaß absichtlich, eine Weiche zu stellen ... die Züge prallten aufeinander und entgleisten mit Geklirr. Die Zwillinge jubelten und klatschten in die Hände. »Danken wir Gott, daß es bei uns keinen Herp Masters gegeben hat ...«

*

»Wer bist du?« fragte das kleine Mädchen mit den verwaschenen Jeans. Sie stand plötzlich hinter Herp, und als er die helle Stimme so nahe an seinem Ohr hörte, fuhr er erschrocken herum. Das Mädchen lächelte ihn an und steckte die Hände in die Hosentaschen. In ihrem flachsblonden Haar wühlte der Wind, der über den Hudson strich, ein kalter, feuchter Wind, der eine Wetteränderung ankündete.

»Ich bin niemand!« sagte Herp. »Laß mich allein.«

»Hat man dich ausgesetzt?«

»Wieso?«

»Ich habe gesehen, wie du aus dem Auto gestiegen

bist, und der andere Mann dann sofort weitergefahren ist. Warum? Hast du was getan?«

»Ich habe einen Zeitungsartikel geschrieben, weiter nichts.«

»Und das ist so böse?«

Herp Masters blickte das Kind an. Es hatte helle, blaue Augen und sprach ein merkwürdiges Englisch. Jeden Satz dachte es durch, als müsse es ihn erst aus einer anderen Sprache übersetzen, ehe es ihn aussprach.

»Wo kommst du her?« fragte er und spürte die feuchtnasse Kälte durch seine Kleidung dringen.

»Aus Schweden. Mein Vater hat ein Schiff. Das da drüben. Wir haben Weizen geladen.«

»Wie heißt du?«

»Elgard. Elgard Bordson.«

»Laß mich allein, Elgard.«

»Komm mit aufs Schiff«, sagte die Kleine. »Du frierst, ich sehe es. Papa wird dir einen Grog machen. Hast du keine Arbeit?«

»Nein.« Herp Masters stierte in den schmutzigen Hudson. Ich werde nirgendwo mehr Arbeit bekommen, dachte er. Überall, wo ich hinkomme, werden sie mich wortlos totschlagen. Ich bin der vogelfreieste Mensch, den es je gegeben hat. Wer mich umbringt, wird ein Held sein. »Für mich gibt es keine Arbeit mehr.«

»Bei uns auf dem Schiff brauchen wir noch einen Schauermann. Bist du stark?«

»Ich glaube.«

»Komm mit. Wie heißt du denn?«

»Herpi.«

»Herpi? Ein lustiger Name. Bist du lustig?«

»Früher ja.«

»Jetzt nicht mehr, Herpi?«

»Nein.«

»Weil du keine Arbeit mehr hast?«

»Vielleicht!« Masters erhob sich von dem eisernen Poller. Warum nicht nach Schweden, dachte er. Hinüber zum Alten Kontinent. Dort kennt mich niemand und will mir keiner ans Leder. »Das alles ist eine lange Geschichte, Elgard.«

»Erzählst du sie mir?«

»Vielleicht.« Er streichelte ihr struppiges blondes Haar und sah hinüber zu dem massigen Frachtschiff. »Gehen wir ...«

*

Sven Bordson war ein Seemann, wie man sich einen Seemann vorstellt. Er trug einen Kinnbart, seine Augen lagen zwischen Tausenden Falten, er hatte breite Schultern und war jünger, als er aussah. Daß seine kleine Elgard einen aufgelesenen Strolch mitbrachte, war er gewöhnt ... sie gabelte immer solche im Hafen herumsitzenden Typen auf und brachte sie an Bord. Meistens flogen sie dann schnell wieder an Land, aber das kümmerte Elgard wenig. Sie hatte einen angeborenen sozialen Sinn, der nicht wegzureden war.

So begrüßte Sven Bordson denn auch Herp Masters mit deutlicher Zurückhaltung, auch wenn er sah, daß seine kleine Tochter diesesmal keinen Herumlungerer aufgelesen hatte. Er gab ihm nicht die Hand, sondern musterte ihn ausdauernd.

»Es war nicht meine Idee«, sagte Herp Masters entschuldigend. »Elgard überredete mich dazu. Ich gehe sofort wieder und bitte Sie nur, mich nicht gleich zu erschlagen.«

»Warum erschlagen?«

»Haben Sie Fernsehen an Bord?«

»Natürlich.«

»Dann werden Sie es gleich verstehen.«

»Wie heißen Sie?« fragte Sven Bordson heiser. Masters sah, wie sich seine Hände zu Fäusten ballten. Zwei dicke Hämmer, die seinen Kopf wie eine Eierschale zerdrücken konnten.

»Ich bin Herp Masters — — —«, sagte er tief aufatmend.

»Herp — Masters — — — « Sven Bordson senkte den Kopf und drückte das Kinn an. »Sie ?!«

»Ja. Schlagen Sie zu.«

»Kommen Sie unter Deck.« Sven Bordson zeigte auf eine Mahagonitür.

»Meine Kabine. Weiß man, daß Sie bei mir an Bord sind?«

»Nein, Elgard hat mich aufgelesen, als ich der einsamste Mann auf der Welt war.«

»Gut so. Gehen wir hinunter. Ich braue Ihnen einen strammen Grog ... Sie haben ihn nötig ...«

*

Die Wärme tat gut. Noch besser war der starke Grog, den Sven Bordson auf dem Gasherd fabrizierte und von dem Herp Masters drei Gläser trank. Beim vierten Glas legte Bordson seine breite Hand über den Rand.

»Sie fallen mir um, wenn Sie so weitersaufen«, sagte er. »Mann, Sie haben Amerika vernichtet. Ich habe es vom Schiff aus erlebt. Und ein paar Stunden lang habe ich selbst daran geglaubt, daß alles zu Ende geht. Zum Weglaufen war es schon zu spät, sonst wäre ich jetzt auf der Fahrt nach Australien. Wie kann ein Mensch solch einen Blödsinn nur so ernsthaft publizieren?! Haben Sie denn gar kein Gewissen, Masters?«

»Ich hatte zuviel, Mr. Bordson. Stellen Sie sich vor, Sie wissen, daß an einem gewissen Tag die Welt untergeht, und keiner nimmt Notiz davon, niemand wird unterrichtet, man lebt wie bisher in den Tag hinein, man wird geopfert, weil keiner es wagt, die Wahrheit zu sagen ... Was würden Sie dann tun?«

»Die Schnauze halten, Masters! Und beten ...«

»Sie also auch?«

»Was hätten Sie ändern können mit dieser verdammten Wahrheit?«

»Man hätte einige Millionen Menschen gerettet.«

»Und jetzt sind einige Tausend tot durch Hysterie und Angst und Gesetzlosigkeit. Mensch, Masters, so einfach geht die Welt doch nicht unter. Da kommt ein Stern herangebraust und päng ...«

»Ein Komet mit 1 000 Milliarden Tonnen Gewicht ...«

»Wenn schon! Das begreift niemand. Und dabei soll man die Menschen lassen. Nicht der Komet war gefährlich ... *Sie* sind die große Gefahr gewesen, Masters. Sehen Sie das endlich ein. Und daß man Sie jetzt sucht und aufknüpfen will, ist nur natürlich.«

»Geben Sie mir noch ein Glas Grog«, sagte Herp mit rauher Stimme. »Und dann sagen Sie mir, wie's mit mir weitergehen soll. Werfen Sie mich wieder an Land, Bordson?«

»Natürlich nicht.« Bordson goß noch einmal voll.« Sie kommen mit nach Schweden.«

»Und wie wollen Sie mit mir Zoll und Paßkontrolle passieren?«

»Sie werden der erste blinde Passagier sein, den der Kapitän kennt und nicht ausliefert.«

»Danke. Und warum?« Herp trank das vierte Glas jetzt langsamer. Er spürte den Grog, er kroch in seinem Gehirn herum und lähmte es. Einen Augenblick lang dachte er: Das ist eine Falle. Er macht mich besoffen, um mich dann der Polizei zu übergeben. Ein ganz gemeiner Trick ist das! Aber dann sah er Bordsons blaue Augen, die gleichen treuen Augen wie bei der kleinen Elgard, und die Angst wich wieder von ihm.

»Warum?« wiederholte Bordson die Frage. »Es ist schwer, darauf eine Antwort zu geben. Vielleicht liegt es daran, daß ich selbst, ich alter Esel, ein paar Stunden an den Weltuntergang geglaubt habe ... durch Ihren saublöden Artikel. Warum soll man Ihnen übelnehmen, daß Sie auch daran glaubten, wo Sie doch das Material von Professor Mortonson kannten?« Er betrachtete Herp Masters, der schwankend auf dem Stuhl saß und sich an der Tischkante festhielt. »Jetzt sind Sie besoffen, Herp. Ich bringe Sie in meine Koje, und wenn Sie morgen aufwachen, sind wir auf See. Über Ihre Zukunft unterhalten wir uns später. Mit der Mannschaft rede ich nachher, sie kommt in zwei Stunden zurück an Bord. Mit leeren Taschen und Hurengestank am Leib. Los, halten Sie sich an mir fest ... ich bringe Sie in Sicherheit ...«

Gegen Abend machte der Schwede los und fuhr hinaus auf den Hudson. Eine Stunde später kamen Zoll und Paßkontrolle an Bord, sahen die Ladepapiere durch, verglichen die Pässe mit den Fahndungsfotos und fanden alles okay. Daß Herp Masters auf dem Schwedenschiff sein konnte, war so absurd, daß niemand danach fragte.

Außerdem hatte Sven Bordson zu seiner Mannschaft gesagt: »Wer das Maul aufmacht, nur weil er sich eine Belohnung erhofft, geht nachher auf See unter den Kiel, ist das klar?« Und die Matrosen hatten genickt. Sie kannten ihren Alten ... er hatte noch die Wikingermanieren, und ihre Kraft dazu.

Als Herp Masters aufwachte, saß die kleine Elgard vor seiner Koje und kämmte einer Puppe das lange Haar.

»Wir sind außerhalb der Dreimeilen-Zone«, sagte sie fröhlich. »Du bist in Sicherheit, Herpi.«

»Wie kann ich dir jemals danken, Elgard?« sagte Herp Masters unsicher. Er setzte sich auf und hielt mit beiden Händen seinen Kopf umklammert. Der Schädel brummte ihm gewaltig, vier steife Grogs verträgt nur ein Seemann vom Schlage Bordsons.

»Spiel mit mir«, sagte Elgard. »Die anderen können alle nicht spielen. Sie machen mir immer die Puppen kaputt mit ihren Klotzhänden. Aber du hast feine Hände. Komm, du bist der Vater, ich bin die Mutter, und das ist unser Kind — — — «

Was macht jetzt Lil? dachte Herp, als er sich auf den Boden hockte und die Puppe trockenlegen mußte. Wie kann ich sie erreichen? Von Schweden aus mit einem Telegramm? Ist das nicht zu gefährlich? Liefert Schweden an die USA aus? Wird man mich wirklich um den ganzen Erdball jagen? Mein Gott, Lil, ich werde dich nie mehr wiedersehen. Ich muß einen anderen Namen annehmen, mein Aussehen verändern, ein völlig neuer Mensch werden, der 32 Jahre Vergangenheit vergißt und auslöscht.

Aber kann man Lil vergessen?

»Du paßt gar nicht auf!« sagte Elgard vorwurfsvoll. »Lil wird sich erkälten ...«

Herp zuckte zusammen, als habe man ihn mit Peitschen geschlagen. »Was sagst du da? Wie heißt die Puppe?«

»Lil. Lil ist ein schwedischer Name – – –«

»Ein schöner Name«, sagte Herp heiser. »Ein wundervoller Name, Elgard.« Er drückte die Puppe an sich, küßte sie und fühlte, wie seine Lippen zuckten. »Wir ... wir werden immer mit Lil spielen. Ich habe Puppen, die Lil heißen, gern.«

»Es ist auch meine Lieblingspuppe.« Elgard legte den Arm um Masters Hals und schmiegte sich an ihn. »Du bist ein netter Kerl, Herpi ...«

Das Schiff stampfte in der starken Dünung. Über den Atlantik blies ein steifer Januarsturm ...

*

Dr. Wenzler lief wie Don Quichote gegen Windmühlenflügel an.

Überall, wo er vorsprach, gab man ihm recht, aber das Recht bekam er nicht. Dr. Peter Pohle wurde totgeschwiegen. Sogar die Zeitungen, die zuerst den Artikel von dem zu Unrecht in einer Irrenanstalt einsitzenden Wissenschaftler gebracht hatten, weigerten sich, weitere Berichte zu veröffentlichen. Nicht, weil man ihnen das von höheren Orts aus nahelegte, o nein, man hatte ja eine Pressefreiheit, die unangetastet blieb ... aber man sagte Dr. Wenzler ganz klar:

»Was wollen Sie eigentlich? Dr. Pohle zu einem Märtyrer machen? Das ist doch blöd! Seien Sie froh, daß er jetzt als Narr lebt ... das macht ihn immun und steril ...«

»Kann ein Mensch so leben?« rief Dr. Wenzler.

»Dr. Pohle bestimmt. Er hat seine Sterne und Milliarden Lichtjahre, seine kleine, in sich glückliche Familie, nächstes Jahr wird er sich vielleicht ein Häuschen bauen und einen Garten anlegen ... dann weiß keiner mehr, wer der Kohatek war. Wetten? Man wird wieder antworten: ›Kohatek? Das klingt nach 'nem neuen Staubsauger ...‹ Der Film, lieber Doktor, ist gelaufen ...«

»Dr. Pohle wird eines Tages daran zerbrechen. Er gibt sich fröhlich und lässig ... aber im Inneren leidet er darunter, der Idiot der Nation zu sein. Welcher Mann könnte so etwas ertragen?! Warum bringen Sie nicht seine Berechnungen? Ich habe sie hier.« Dr. Wenzler klappte den Aktenkoffer auf. »Im Dezember waren sich alle Astronomen einig, daß der Komet auf die Erde fällt. Nur gesagt hat es keiner.«

»Und wir sollen die Blödmänner sein, die es jetzt sagen?« Die Chefredakteure, bei denen Dr. Wenzler vorsprach, lachten gequält. »Das ist doch ein Witz, Doktor ...«

»Dann werde ich eine Plakataktion starten ...«

»Die Litfaßsäulen und Plakatwände werden sich biegen vor Lachen. Doktor, seien Sie nicht eifriger als Ihr Mandant. Erinnern Sie sich noch an den Fall Ihres Kollegen, der unbedingt recht behalten wollte und deshalb als notorischer Querulant von Nervenheilanstalt zu Nervenheilanstalt wanderte? Ihnen wird's nicht anders ergehen.«

»Man will also Dr. Pohle Erster Klasse begraben?« schrie Dr. Wenzler außer sich.

»Nein! Man will Ruhe im Land. Der Komet ist jetzt schon Historie ...«

Aber Dr. Wenzler gab nicht auf. Sein letzter Besuch bei Dr. Pohle in der Klinik hatte ihm eine erschreckende

Veränderung gezeigt. Auch Erika hatte es bemerkt und war nun nicht mehr aus Peters Zimmer wegzubringen: Peter Pohles Augen veränderten sich. Der Blick wurde leer, wie in ungeheure Weiten gerichtet.

»Er kann nicht mehr lachen«, sagte Erika zu Dr. Wenzler draußen auf dem Flur. »Er spielt mit den Kindern, aber es ist, als bewege sich ein Automat. Selbst seine Stimme ist anders . . . sie klingt eintönig, sie hat die typischen menschlichen Tonschwingungen verloren. Mein Gott, was geht bloß in ihm vor? «

»Wir beobachten das auch!« sagte wenig später der Chefarzt zu Dr. Wenzler. »Dazu sind wir ja hier.«

»Und was bedeutet das? « fragte Dr. Wenzler.

»Dr. Pohle macht eine Persönlichkeitsveränderung durch, wie wir das nennen.« Der Chefarzt blickte an Dr. Wenzler vorbei gegen die Wand. Dort hing, in schematischer Darstellung, ein Schnitt durch das menschliche Gehirn. Nur Mediziner können an solchem Wandschmuck Gefallen finden. »Dr. Pohle befindet sich psychisch in einer Wandlungsphase.«

»Und wo führt das hin? « fragte Dr. Wenzler leise. »Wo endet das, Herr Professor? «

»Das müssen wir abwarten. Das ist vor allem medikamentös nicht beeinflußbar. Auch für den Psychiater gibt es eine Grenze . . . bei Dr. Pohle stehen wir davor. Wir geben ihm Tranquilizer, Vitamine, versuchen, ihn mit langen Gesprächen aus der neuen Welt, in die er hinübergleitet, zu reißen . . . mehr können wir nicht.«

»Sagen Sie es klar, Herr Professor.« Dr. Wenzler hörte, wie seine Stimme schwankte. »Was ist los? «

»Es ist tragisch.« Der Chefarzt riß sich von dem Hirnbild los. »Es deutet alles darauf hin: Dr. Pohle wird das letzte Opfer des Kometen Kohatek werden . . . «

Niedergedrückt von diesem schrecklichen Wissen kehrte Dr. Wenzler in das Krankenzimmer von Dr. Pohle zurück. Die Zwillinge saßen in dem Schienenring der Eisenbahn, riefen laut »Puff-puff« und verfolgten mit glücklichen Augen die beiden herumkreisenden Züge. Dr. Pohle las in den Zeitungen, die ihm sein Anwalt gegeben hatte, und Erika saß am Tisch und legte eine Patience.

Eine glückliche Familie, wenn nicht das vergitterte Fenster und die Tür ohne Klinke wären.

Dr. Pohle faltete die Zeitung zusammen und legte sie zur Seite.

»Sie haben den Professor gesprochen?« fragte er Dr. Wenzler, der sich bemühte, seine Erschütterung nicht zu zeigen.

»Und nun wissen Sie aus erster Hand, daß ich langsam verrückt werde?«

Dr. Wenzler schluckte und blickte schnell zu Erika. Sie hatte das Patience-Spiel unterbrochen und zupfte nervös an einem Taschentuch.

»Wir haben über Ihre Rehabilitierung gesprochen«, sagte Dr. Wenzler. Es klang nicht sehr glaubwürdig.

»Lügen Sie nicht so plump«, sagte Peter Pohle denn auch sofort. »Ich bin zwar ein Sterngucker, aber nicht ganz so weltfremd, wie man mich anscheinend einschätzt. Die Gespräche des Professors sind geradezu lächerlich. Ein Irrer mag sie wohltuend empfinden ... für mich ist das ein Witz! Aber ich gehe darauf ein, so gut ich es kann und so willig es die Psychiater schlucken. Sie sind immer ganz glücklich, wenn sie mich verlassen.«

»Und warum dieses verteufelt gefährliche Spiel, Dr. Pohle?« fragte Dr. Wenzler ratlos.

»Ich hatte bisher geglaubt, daß man mich am 1. Februar entläßt, wie versprochen. Ganz still, ohne Aufsehen ... ich hätte einfach wieder an meinem Schreibtisch in St. Agatha gesessen. Aber irgend jemand muß jetzt an einer Schraube drehen, die mich hier festhalten soll. Ich glaube nicht mehr an die Versprechungen.«

»Und da machen Sie genau das Verkehrteste, indem Sie hier einen langsam Verblödenden spielen?«

»Ein harmloser Irrer hat die gleichen Freiheiten wie ein Kind ... man füttert ihn, streichelt ihn, lächelt über seine harmlosen Streiche. Und läßt ihn in Ruhe.«

»Ich sehe darin keinen Sinn, Dr. Pohle.«

»Bis gestern habe ich gedacht: Ruhigsein ist das beste. Aber seit gestern weiß ich, daß man mich in der Stille fertigmachen will. Es soll diesen Dr. Pohle nicht mehr geben, der Mortonsons Berechnungen bestätigte, Berechnungen, die stimmten! *Das* ist die Gefahr, die immer von mir ausgeht. Ich habe einen Mund, der einmal reden könnte. Ich bin ein Risikofaktor der allgemeinen Ruhe geworden. Nicht vor dem 5. Januar ... da war ich eine absolute Gefahr. Nein, immer! Und das sehe ich nicht ein, Dr. Wenzler. Der Komet wird Ende Januar, Anfang Februar wieder verschwinden, aber ich soll bleiben!«

»Und wie wollen Sie hier raus?« Dr. Wenzler setzte sich auf das Bett. Ihm wurden plötzlich die Knie weich. »Die sogenannte öffentliche Meinung kümmert sich einen Dreck um Sie. Sie sind nicht mehr attraktiv genug. Es gibt nichts Schlimmeres als einen Menschen, der sich auf Kosten der Allgemeinheit irrte!«

»Das ist mir klar. Deshalb freue ich mich, daß Sie immer zu mir dürfen, Dr. Wenzler.«

»Ich?« Der Anwalt spürte so etwas wie Gefahr an sich herankriechen. »Ich werde alles versuchen, was nach dem Gesetz zulässig ist.«

»Mit dem Gesetz liegen Sie auf dem Bauch!« Peter Pohle stieg über die Gleisanlagen hinweg und kam auf Dr. Wenzler zu. »Wir haben die gleiche Größe und Figur, wir tragen beide eine Brille, nur ist Ihr Haar schwarz und gelockt, wie bei einem Italiener. Es wäre doch möglich, in den nächsten Tagen eine Perücke aufzutreiben, die mich auf einfachste Weise in Sie verwandelt. Dann tauschen wir die Anzüge, und ich marschiere als Dr. Wenzler aus der Klinik. Bis man merkt, daß Sie an meiner Stelle mit den Kindern spielen, vergeht eine gute Zeit. Dieser Vorsprung genügt mir.«

»Unmöglich.« Dr. Wenzler schüttelte den Kopf. »Das kostet mich meine Praxis, die Anwaltskammer wird mich ausschließen, es gibt ein Ehrengerichtsverfahren ...«

»Nicht, wenn ich Sie überfallen habe.«

»In Gegenwart Ihrer Frau?«

»Glauben Sie, daß meine Frau mich hindern wird, mich zu befreien? Niemand wird ihr das anlasten!«

»Und wo wollen Sie hin, wenn dieser Plan gelingt?«

»Lassen Sie mir dieses kleine Geheimnis, Dr. Wenzler. Ich werde Sie so schnell wie möglich benachrichtigen.« Peter Pohle streckte dem Anwalt seine Hand hin. Sie zitterte nicht, und die Augen, die vorher so weltfern geblickt hatten, strahlten wieder die Energie aus, die Wenzler von Dr. Pohle kannte.

Wir haben ihn alle verkannt, dachte er. Das ist kein Träumer ... der weiß genau, was er will!

»Abgemacht? Spielen Sie mit?« fragte Pohle.

»Wenn es schiefgeht, kommen Sie nie mehr hier heraus, das wissen Sie.«

»Habe ich unter den jetzigen Umständen überhaupt eine Chance, herauszukommen?«

Dr. Wenzler wandte sich an Erika. Sie zerrte immer noch an ihrem Taschentuch und war sehr bleich.

»Was sagen Sie dazu, gnädige Frau?«

»Ich mache natürlich mit ...« Erikas Stimme klang blechern. »Ich mache alles, was Peter helfen kann.«

»Wann ... wann soll es geschehen?« fragte Dr. Wenzler stockend.

»Sobald Sie die passende Perücke haben, Doktor.«

»Das kann schon übermorgen sein.«

»Gut. Dann übermorgen.«

In der Eingangshalle traf Dr. Wenzler noch einmal mit dem Chefarzt zusammen. Es war ein Zufall – der Professor wurde zu einer Neueinlieferung gerufen.

»Wie werden Sie die Sache jetzt juristisch anpacken?« fragte der Chefarzt. »Ich glaube, wir sollten Hand in Hand arbeiten.«

»Ich werde den Fall – wie sagen die Mediziner? – ›symptomatisch‹ behandeln.«

»Das ist sehr gut. So kommen wir auf die Dauer am weitesten ...«

Man gab sich die Hand und tat so, als sei man jetzt verbündet.

Am gleichen Tag noch kaufte Dr. Wenzler bei einem Friseur eine schwarzgelockte Perücke und ließ sie nach seinem Haarschnitt herrichten.

*

Am Radiogerät erlebten Herp Masters und Sven Bordson, wie man New York wieder in den Griff der Ordnung bekam. Die Gefängnisse waren überfüllt; man mußte die Plünderer in Turnhallen sammeln, wo schwerbewaffnetes Militär und Polizei sie bewachten.

Die Suche nach Herp Masters nahm hysterische Formen an. In Idaho wurde ein Mann gelyncht, weil er Masters hieß, allerdings James Masters, aber das glaubte ihm keiner, zumal er allen unbekannt war und sein Auto eine New Yorker Nummer trug. In Horseville, einem kleinen Nest an der Grenze von Nebraska, schlug die Bevölkerung einen Mann auf der Straße tot, weil er dem überall verbreiteten Steckbildbrief glich. Als sich herausstellte, daß es ein Tramp war, war es schon zu spät.

Immer mußte das FBI bemüht werden, das dann lakonisch sagte: Der Falsche. Wen sollte man nachher anklagen? Die ganze Stadt?!

»Sie müssen etwas unternehmen, Herp«, sagte Sven Bordson nach der letzten Radiomeldung. »Mein Gott, sollen noch mehr Unschuldige Ihretwegen sterben? Sie müssen irgendwo bekanntgeben, daß Sie außerhalb der USA leben.«

»Irgendwo ist gut!« Masters lehnte sich zurück und schloß die Augen. Er war in den letzten Tagen ein alter Mann geworden, grau im Gesicht, mit eingesunkenen Backen und spitzer Nase, wie man sie sonst nur bei Toten sieht. »Wollen Sie einen Funkspruch loslassen? Die holen mich mit einem Flugzeug von Bord!«

»Nicht auf dem freien Meer. Das hier ist ein schwedisches Schiff. Sie befinden sich auf schwedischem Boden.«

»Dann wird man uns im nächsten Hafen in Empfang nehmen. So einen wie mich liefert man immer aus!«

»Aber in Ihrer Heimat werden Unschuldige erschlagen, weil sie so aussehen wie Sie! Können Sie das ertragen?!« Bordson schob sein Glas weg, nichts schmeckte ihm mehr. »Wir können einen Funkspruch loslassen ohne Absender und Position ...«

»Jede Empfangsstation wird wissen, daß der Spruch von See kommt.«

»Wieso denn? Auf irgendeinem Kurzwellenband geben wir durch, daß Herp Masters aus dem Lande ist. Weiter nichts.«

»Man wird das mit Recht als einen billigen Bluff abtun, Sven. Ein anonymer Funkspruch . . .«

»Aber wir haben unsere Pflicht getan, Herp.« Bordson stieß die Fäuste zusammen. Masters wußte, was jetzt in Sven bohrte. Er mußte sein Gewissen beruhigen. Auch wenn es sinnlos war, ohne Wirkung . . . man hatte das Gefühl, nicht untätig gewesen zu sein. Ein Selbstbetrug, aber er war ein Korsett für das Gewissen.

»Was wollen Sie funken? « fragte Masters müde.

»Das können wir miteinander absprechen, Herp. Kommen Sie, gehen wir in die Funkbude . . .«

*

In New York wurde Lil Abbot vom FBI beschattet. Sie sah zwar niemanden, blieb auf ihrem Zimmer in Hack's Hotel, ließ sich das Essen heraufbringen und ging an kein Telefon, auch wenn es nervenzermürbend klingelte . . . trotzdem war ihr klar, daß das FBI wartete, wie eine Katze vor einem Mauseloch. Es war nur eine Frage der Zeit, bis man Herpi aufstöberte.

Einen Mann gab es, der anscheinend Herp Masters nicht gerne hängen sah: der Boy, der im Hotel die Dreckarbeit machte, ein struppiger junger Bursche, der für ein paar Dollar pro Woche für alles herhalten mußte, was im Hotel nicht in Ordnung war und zu Beschwerden Anlaß gab. Er war der Prügelknabe vom Dienst.

Als New York sich entvölkerte, war Berni, wie er ge-

»Ich warte darauf.«

»Aber Sie wissen nicht, in welcher Zeitung?«

»Nein.«

»Das ist schlecht, Lil. Unsere Experten werden ab sofort jeden Tag alle New Yorker Blätter nach einer gleichlautenden Anzeige durchsehen. Um sicherzugehen, wird Herp in mindestens drei großen Zeitungen den gleichen Text verwenden. Dann haben wir ihn.«

»Und was wollt ihr mit ihm?« schrie Lil. »Erst laßt ihr ihn laufen, aus Angst, daß man euer Haus stürmt, und jetzt fangt ihr ihn wieder ein?!«

»Die Erregung hat sich gelegt. Es ging uns damals nur darum, mit allen Mitteln Blutvergießen zu vermeiden. Gegen Tausende von Fanatikern kann man nichts mehr machen. Jetzt ist die Situation eine andere. Morgen wird in den Zeitungen stehen, daß Masters außer Landes ist ... das glättet auch die letzte Hysterie. In aller Stille werden wir Herp nach New York bringen.«

»Und dann?«

»Ist Ihnen eigentlich nicht klar, daß Herp der größte Massenmörder in der Geschichte der USA ist?«

»Nein! Herp hat nicht einen einzigen Menschen getötet.«

»Nicht mit der Waffe ... aber doch mit seiner Hand. Mit den Händen, die auf die Tasten einer Schreibmaschine drückten und diesen wahnsinnigen Artikel schrieben. Man kann auch mit Worten morden! Der Schreibtischtäter ist genauso ein Schuft wie der Mörder mit der Waffe in der Hand!«

»Es gibt kein Gesetz, das Herpi verurteilen kann!« Lil Abbot sah den FBI-Chef furchtlos an. Wie eine Katze saß sie da, bereit zum Sprung. Er will nur Rache, dachte sie. Alle wollen sie Rache, weil sie versagt haben. Als es hieß, die Welt geht unter und der Komet fällt auf die Erde, waren sie alle zitternde Feiglinge. Nur Herpi nicht ... er stand am 5. Januar am Fenster und blickte in den Himmel, über den der riesige Feuerschweif des Kohatek zog ... sechzig Millionen Kilometer lang. Und er war ganz ruhig, hatte den Arm um mich gelegt und wartete darauf, daß alles zu Ende geht. Er hatte fest daran geglaubt und sich benommen wie ein Held ...

»Ihr könnt keinen verurteilen, nur weil die Menschen den Verstand verloren!« schrie sie.

»Das ist nicht mein Problem.« Der FBI-Chef nahm das Telefon ab, weil es klingelte. Eine Redaktion war in der Leitung, die wissen wollte, ob Lil Abbot eine Exklusivserie abschließen wolle: Mein Leben mit Herp Masters.

»Wollen Sie? « fragte er.

»Nein!«

»Sie sollen sie am Arsch lecken!« sagte der FBI-Mann grob und legte auf. »Ich habe den Auftrag von Washington bekommen, Lil. Er ist noch nicht von der Liste gestrichen, er ist noch die Nummer 1 der Nation. Wahrscheinlich hat man Angst, daß Herp im nachhinein der Masse mit Enthüllungen über die vorübergezogene Gefahr weiter einheizt. Man vermutet, daß er noch mehr weiß, als in dem Artikel stand.« Er stand auf und ging zur Tür. Vor Lil Abbot blieb er stehen ... sie kauerte in dem zerschlissenen Sessel, die Beine bis zum Kinn angezogen.

»Lil? «

»Gehen Sie endlich ...«

»Sie wissen, daß man jeden Ihrer Schritte überwacht.«

»Ja.«

»Sie haben keine Chance, mit Herp zusammenzutreffen, ohne daß wir es mitbekommen ...«

»Ich weiß.«

Sie senkte den Kopf und wartete, bis der FBI-Chef gegangen war.

Er weiß nichts von Berni, dachte sie voll Triumph. Sie jagen einen Elefanten und übersehen die Mücke ...

*

Dr. Wenzler meldete sich, obgleich er dazu nicht verpflichtet war, bei dem Chefarzt an und suchte um die Besuchserlaubnis nach.

»Ich weiß, Herr Professor«, sagte er, »ich kann jederzeit kommen und gehen, aber ich halte es für notwendig, daß Sie unterrichtet sind. Es sollte zwischen uns keine Heimlichkeiten geben, jetzt, wo wir uns ausgesprochen und geeinigt haben.«

Der Chefarzt war über so viel Verständnis erfreut. Dr. Pohles Zustand hatte sich sichtlich verschlimmert ... er saß jetzt fast wortlos herum, ließ die Zwillinge spielen und toben und stierte in die Gegend. Seine Frau war bewundernswürdig gefaßt, eine ausgesprochen tapfere Frau, wie der Chefarzt im Kasino zu den anderen Kollegen sagte.

Peter Pohle begrüßte Dr. Wenzler zunächst mit dem gleichen abwesenden Blick, mit dem er die Ärzte ansah. Erst als der Pfleger gegangen war, hellte sich seine Miene auf. Dr. Wenzler atmete deutlich auf.

»Ihnen gebührt der Ifflandring als bestem Schauspieler«, sagte er heiser. »Selbst mich haben Sie getäuscht. Als ich eben hereinkam ... nun ist alles aus, durchfuhr es mich. Es war wie ein Schock.«

»Ich habe das lange genug vor dem Taschenspiegel meiner Frau geübt.« Peter Pohle gab Dr. Wenzler die Hand. »Was macht mein neues Haar?«

»Bitte —« Dr. Wenzler zog die Perücke aus der Aktentasche. »Ich habe sie aufprobiert ... kein Unterschied zu meinem echten Haar. Wollen wir es durchspielen?«

Sie wechselten die Brillen, Pohle setzte die Perücke auf ... und plötzlich standen sich erwachsene Zwillinge gegenüber. Es war so verblüffend, daß sich Erika die Augen rieb und leise sagte:

»Das ist ja unglaublich ...«

»Es ist so einfach, ein anderer Mensch zu sein.« Peter Pohles Stimme schwankte etwas. »Dr. Wenzler, machen Sie noch mit?«

»Wäre ich sonst hier?«

»Ich werde Ihnen das nie danken können, das wissen Sie.«

»Ich täte es nicht, wenn ich nicht wüßte, daß Sie die neue Lage nicht schamlos ausnützen.« Dr. Wenzler zog seinen Rock aus, nahm den Schlips ab und knöpfte das Hemd auf. Dann hielt er plötzlich inne. Peter Pohle war schon aus der Hose und stand in Unterhosen herum. »Noch eine Frage ...«

»Bitte, mein zweites Ich.«

»Wollen Sie draußen einen Rummel machen?«

»Nein, das wäre das Dümmste, was ich tun könnte. Ich werde für meine Familie einen ganz ruhigen Platz auf dieser Welt aussuchen, wo wir mit unserem bescheidenen Glück leben können.«

»Und wo ist dieses Paradies? Auf einer einsamen Insel oder irgendwo im Urwald?«

»Lassen Sie sich überraschen, Doktor. Nun geben Sie

mir schon Ihre Hose ... Männer in Unterhosen sehen lächerlich aus ...«

Eine halbe Stunde später verließ ›Dr. Wenzler‹ wieder die Klinik. Er begegnete sogar dem I. Oberarzt, der ihn im Vorübergehen grüßte und ihm zuwinkte. ›Dr. Wenzler‹ nickte freundlich zurück.

Vor dem Haus stieg er in den Wagen, warf die Tasche auf den Rücksitz und fuhr mit einem sportlichen Start — wie man es von Dr. Wenzler erwartete — davon.

Es dauerte zwei Stunden, bis der Pfleger wieder im Krankenzimmer erschien. Er brachte das Mittagessen.

An der Tür aber blieb er zunächst wie angewurzelt stehen und starrte auf das Bild, das sich ihm bot.

In der Zimmermitte hockten die Zwillinge und stritten sich, wer den Zug hatte entgleisen lassen. Erika Pohle saß am Tisch und beantwortete die Glückwunschkarten zum neuen Jahr, wozu sie jetzt endlich Zeit hatte. Auf dem Bett aber lag, gefesselt und mit einem Knebel im Mund, Dr. Wenzler und sah den Pfleger mit funkelnden Augen an.

Der Pfleger stellte das Tablett mit dem Mittagessen auf einem Hocker ab, warf sich herum und rannte hinaus. Auf dem Flur schon brüllte er: »Alarm! Dr. Pohle ist weg! Alarm!«

Der Stationsarzt stürzte ins Zimmer, riß Dr. Wenzler den Knebel aus dem Mund, aber in der allgemeinen Verwirrung vergaß er, auch die Fesseln aufzuschnüren.

»Was ist passiert?« schrie er. »Wo ist Dr. Pohle?!« Dann fuhr er zu Erika herum, die ruhig weiter ihre Antwortkarten schrieb, und begriff endlich, daß alles, was hier geschehen war, mit Duldung oder sogar Mithilfe von Frau Pohle stattgefunden hatte.

»Sie ...«, stotterte der junge Arzt. »Sie haben ...«

Er rannte wieder aus dem Zimmer und stieß auf dem Flur mit dem Chefarzt und dem I. Oberarzt zusammen, die gerade aus dem Lift stürzten.

»Dr. Pohle hat Dr. Wenzler überwältigt und gefesselt!« rief er. »Und Frau Pohle . . .«

»So ein Blödsinn!« unterbrach ihn der I. Oberarzt laut. »Ich habe Dr. Wenzler vor etwa zwei Stunden weggehen sehen. Ich habe ihm noch zugewunken . . .«

»Aber er liegt gefesselt auf dem Bett! Bitte —«

Im Zimmer hatte sich Dr. Wenzler im Bett aufgesetzt; er lehnte mit dem Rücken an der Wand, als der Chefarzt und die anderen Ärzte ins Zimmer drängten. Schon der erste Blick bewies, daß dort wirklich Dr. Wenzler hockte — der I. Oberarzt verlor daraufhin plötzlich seine Haltung und begann zu brüllen.

»Ich habe Sie doch weggehen sehen!« schrie er. »Ich habe doch . . .«

Dann sah auch er, was der Chefarzt mit verbissenem Gesicht und in voller Erkenntnis der sich daraus ergebenden Konsequenzen längst bemerkt hatte: Dr. Wenzler trug Dr. Pohles Anzug, Hemd und Schuhe, sogar die Strümpfe hatten sie gewechselt, um der Perfektion zu genügen.

»Knoten Sie Dr. Wenzler los«, sagte der Chefarzt mühsam beherrscht. Ein energischer Wink scheuchte den Pfleger zu dem Gefesselten. Es war ein leichtes Werk . . . die Knoten waren nicht festgezogen, aber doch so, daß man sich nicht selbst befreien konnte.

Dr. Wenzler rieb sich die Handgelenke und die Knöchel und blieb auf dem Bett hocken, als habe ihn die Gefangenschaft völlig erschöpft.

»Was haben Sie mir zu erklären?« fragte der Chefarzt rauh.

»Nichts!« Dr. Wenzler wischte sich über das Gesicht, als müsse er eine tiefe Erschütterung von sich wegputzen. »Ich verlange sofort einen Beamten der Staatsanwaltschaft . . .«

Der Staatsanwalt war bereits unterwegs und traf noch ein, als der Chefarzt, in Ausübung seiner Rechte als Hausherr der Klinik, Dr. Wenzler in ein zwar sinnloses, aber um so lauteres Kreuzverhör nahm. Erika Pohle gab überhaupt keine Antwort mehr, so sehr sie auch angebrüllt und ihr immer wieder gesagt wurde, daß sie sich strafbar gemacht habe.

»Gehen wir logisch vor«, sagte der Staatsanwalt, nachdem ihm der Chefarzt mit sich überschlagender Stimme die »ungeheuren Vorgänge« geschildert und darauf hingewiesen hatte, daß die Regierung das größte Interesse . . . zur Sicherung des Staates . . . zur Aufrechterhaltung der öffentlichen Ordnung . . . Dann gingen dem Professor die Worte aus.

Dr. Hancke – so stellte sich der Staatsanwalt vor – hatte auch noch Beamte des ›Sonderdezernats Kom.‹ mitgebracht (was sinnigerweise ›Komet‹ hieß), die nun im Flur untätig herumstanden. Er setzte sich auf Dr. Pohles ehemaliges Klinikbett und bot reihum Zigaretten an. Er war ein kleiner, dicker Mann mit ebenso dicker Hornbrille, sah gemütlich und geradezu humorvoll aus und gab sich auch in dieser gefährlichen Jovialität. Dr. Wenzler ließ sich nicht täuschen.

»Sie wurden also von Dr. Pohle überfallen, gefesselt und geknebelt, als Sie in anwaltlicher Absicht zu ihm ins Zimmer kamen? « rekapitulierte Dr. Hancke.

»Ja«, erwiderte Dr. Wenzler.

»Frau Pohle hat dem allen zugesehen und ihren Mann nicht gehindert? «

»Nein!« sagte Erika laut. »Sollte ich das? Mein Mann wollte heraus aus dieser Klinik, die ihn unrechtmäßig festhält!«

»Auf Empfehlung der Regierung!« schrie der Chefarzt. »Ich habe einen vertraulichen Brief des Innenministeriums bekommen. Auch eine Rückendeckung durch den Landesjustizminister habe ich! Man kann die Schreiben in meinem Zimmer einsehen.«

»Ich weiß.« Der Staatsanwalt winkte ab. »Es geht mir darum, zunächst den Tathergang zu rekonstruieren. Daß Sie, gnädige Frau, Ihrem Mann nicht in den Arm fielen, ist klar. Das Bewußtsein, mitschuldig an einer strafbaren Handlung zu werden, ist Ihnen gar nicht gekommen.«

»Natürlich nicht!« sagte Dr. Wenzler schnell. Die goldene Brücke, die Dr. Hancke damit für Erika baute, war klar.

»Aber Sie, Dr. Wenzler!« Der Staatsanwalt betrachtete den Anwalt durch seine dicke Hornbrille. »Sie haben sich so einfach überwältigen lassen. Bei Ihrer sportlichen Konstitution! Bei diesen Muskeln!«

»Sie wissen, Herr Staatsanwalt, welche Kräfte ein Verzweifelter mobilisieren kann.«

»Verzweifelter? Irrer!« warf der Professor ein. Er war vor Wut rot wie ein Puter bei der Balz.

»Lassen wir das.« Dr. Hancke winkte wieder jovial ab. »Was mir nicht in den Kopf will, Dr. Wenzler: Sie haben Ihre Haare noch.«

»Natürlich.«

»So natürlich ist das nicht. Dr. Pohle müßte Sie skalpiert haben, denn er ist mit Ihren schwarzen Locken durch alle Kontrollen marschiert.«

»Tatsächlich!« Dr. Wenzler tat sehr betroffen.

»Ein wahres Wunder!« Dr. Hancke grinste. »Gut. Er hat Ihren Anzug genommen, Ihr Hemd, Ihren Schlips, sogar Ihre Schuhe und Socken ... waren Sie so völlig wehrlos?«

»Bewußtlos.«

»Aha! Aber Ihre Haare ...« Dr. Hancke saugte an seiner Zigarette. »Dr. Pohle hatte also eine Perücke! Wie kommt eine Ihren Haaren so täuschend ähnliche Perücke in eine psychiatrische Klinik, in ein Zimmer ohne Klinke, mit vergitterten Fenstern im zweiten Stock?! Sage ich nicht: ein Wunder?!«

»Es ist unerklärlich«, meinte Dr. Wenzler wieder. »Haben Sie dafür eine Erklärung, Herr Professor?«

Der Chefarzt bebte vor Zorn. »Sie haben die Perücke mitgebracht, Sie!« schrie er. »Ein abgekartetes Spiel! Weiter nichts!«

»Herr Staatsanwalt, ich verwahre mich gegen diese infamen Beschuldigungen!« sagte Dr. Wenzler kalt. »Ich bin Anwalt, kein Ganove! Ist es nötig, daß der Herr Professor bei dieser Unterhaltung zugegen sein muß?«

Der Chefarzt holte tief Luft. Dr. Hancke nickte kurz.

»Ja! Er ist der Hausherr! Man hat *ihm* einen Patienten entführt, nicht mir! Machen wir weiter: Die Haarpracht aus schwarzen Locken! Gnädige Frau, haben Sie dazu etwas zu sagen?«

»Nein!« Erika Pohle hob die schmalen Schultern. »Die Haare waren plötzlich auf seinem Kopf.«

»Natürlich! Vielleicht hat sie der Komet Kohatek abgeworfen, als er vorübersauste«, versuchte Dr. Hancke zu witzeln. »Kohatek ist ja für so vieles verantwortlich gemacht worden, für Unglücksfälle, Sturmfluten, Flugzeugabstürze, Ölkrise und verwirrte Gehirne der Politiker ... warum soll er keine Perücke heruntergeworfen haben? Wunder gibt es immer wieder ... schönes Lied, nie aktueller als jetzt!« Und plötzlich war seine Stimme hart, die Frage wurde abgeschossen wie eine Granate und schlug ein: »Wo ist Dr. Pohle hin?!«

Erika zuckte wie unter einem Schlag zusammen. Aber Dr. Wenzler war geistesgegenwärtig, er beherrschte sofort wieder die Situation, die Dr. Hancke zu erobern geglaubt hatte.

»Wie können das die beantworten, die selbst überwältigt worden sind?« konterte er schnell.

»Mein Beileid!« Dr. Hancke stand auf und drückte seine Zigarette in einer emaillierten Spuckschale aus. »Wir sind uns doch alle im klaren — trotz so vieler Unklarheiten —, daß Dr. Pohles Flucht ein Politikum und kein medizinischer Ausbruchsfall mehr ist?! Jede Begünstigung schadet dem Staat!«

»Mein Mann wird nie öffentlich erklären, wie nah die Welt einer Katastrophe war«, rief Erika.

»Warum flüchtet er dann?!«

»Weil man ihn für immer kaltstellen wollte!«

»Wollte man das?« Die Frage ging an den Chefarzt.

Der hob die Schultern und schaute gegen das vergitterte Fenster. »Ich hatte nur meine Empfehlung von höchster Stelle —«, sagte er ausweichend.

»Ist das Antwort genug?« rief Dr. Wenzler triumphierend.

»Machen wir das Sandkastenspiel weiter.« Staatsanwalt Dr. Hancke steckte jungenhaft die Hände in die Hosentaschen. Er sah wirklich ungefährlich aus, was seine großen Erfolge in den Ermittlungen erklärte. »Wohin *könnte* Dr. Pohle geflüchtet sein?«

»Ins Ausland«, antwortete Dr. Wenzler trocken.

»Ohne Paß?«

»Er hat einen Paß.«

»Aha!«

»Meinen! Er sieht mir ja jetzt zum Verwechseln ähnlich.«

»Natürlich. Das vergaß ich ganz. Dr. Pohle wird also als Dr. Wenzler irgendwo im Ausland weiterleben?«

»Das glaube ich nicht«, sagte Dr. Wenzler vorsichtig. »Wie ich meinen Mandanten kenne, wird er mir — sobald er in Sicherheit ist — meinen Paß zurückschicken, seinen Paß anfordern und dann das geruhsame Leben eines normalen Bürgers weiterleben.«

»Sie kennen Ihren Mandanten gut!« sagte Dr. Hancke sarkastisch. »Wir dürfen also abwarten, aus welcher Ekke der Welt sich Dr. Pohle meldet.« Er blickte hinüber zu Erika, die sehr erleichtert wirkte. Ihr verhärmtes Gesicht war gelockert und wieder von jener aus dem Inneren leuchtenden Schönheit, wie sie nur das große Glück zaubern kann. »Und Sie garantieren — so dumm das klingt und auch ist, denn Sie haben die Einhaltung der Garantie nicht in der Hand —, daß Ihr Mann der Öffentlichkeit gegenüber schweigt?«

»Ja! Er will nur nicht als Narr dastehen.«

»Aha!« Dr. Hancke hob die Brauen. »Und wie stellt er sich diese Rehabilitation vor?«

»Eine interne, aber volle Anerkennung seiner Forschungsergebnisse und die Wiedereinsetzung in seine Stelle im Forschungszentrum St. Agatha.«

»Von der er aber nie Gebrauch machen wird ...?«

»Ich glaube nicht.«

»Ich werde das berichten.« Dr. Hancke küßte Erika die Hand, klopfte Dr. Wenzler auf die Schulter und verließ die Klinik. Der Chefarzt zögerte, dann sagte er:

»Es besteht ja wohl jetzt kein Anlaß mehr, daß Sie in

der Klinik, in diesem Zimmer, bleiben, Frau Pohle. Wir brauchen jedes Bett . . .«

»Ich gehe gleich nach Hause«, sagte Erika freundlich. »Türen ohne Klinken deprimieren mich ohnehin.«

Dann waren sie wieder allein, Erika, Dr. Wenzler und die Zwillinge. Sie hatten brav auf ihren Stühlen gesessen und keinen Ton gesagt.

»Was wollte der Onkel?« fragte jetzt das eine Mädchen.

»Ist es wegen Papi?« wollte die Schwester wissen.

»Ja. Er wollte Papi sprechen.«

»Weil er von Onkel Wenzler andere Haare bekommen hat?«

»Uff!« sagte Dr. Wenzler und setzte sich lachend auf das Bett. »Darauf habe ich die ganze Zeit gewartet! Mädchen, daß ihr so lange den Mund gehalten habt, ist eine Wucht! Jetzt wollen wir warten, woher der Papi Nachricht gibt . . .«

*

Dr. Pohle, nach Aussehen und Paß jetzt Dr. Wenzler, reiste unangefochten nach Norden. Bevor über Funk alle Grenzstationen auf einen reisenden Dr. Wenzler aufmerksam gemacht werden konnten, hatte er bereits die Fähre nach Dänemark bestiegen und fuhr über die Ostsee.

Vom Schiff aus telefonierte er mit seinem Kollegen Ingmar Gustafsen in Schweden. Gustafsen lachte und lachte und versprach Pohle, ihn wie seinen Bruder aufzunehmen. Im Planetarium Oresund sei sogar eine Stelle frei . . . Pohle könnte sie sofort antreten. Ein Forscher solcher Qualität war immer und überall zu gebrauchen, auch wenn er sich bei Nacht und Nebel in seine neue Heimat schlich. ›Nacht und Nebel‹ war wörtlich zu nehmen. Denn als das Fährschiff von Dänemark nach Schweden übersetzte, fuhr es in einen solchen Nebel hinein, daß die Nebelhörner unaufhörlich heulten, und Dr. Pohle dachte, er schwimme durch eine Welt aus Milch.

Im Hafen stand Gustafsen und drückte Dr. Pohle an sich, als er die Gangway herunterstolperte.

»Willkommen, Sie Untergangsexperte!« lachte Gustafsen. »Morgen geben die Kollegen für Sie ein rauschendes Fest. Übrigens das erste seit dem 5. Januar, der Wiedergeburt unserer alten Erde.«

»Fängt der Scheißdreck jetzt auch hier an?« sagte Dr. Pohle leise. Gustafsen schüttelte den Kopf.

»Seien Sie kein Kohatekgeschädigter, Peter! Mortonson, Sotow, Sie und alle anderen hatten ja recht: Der Komet war auf Kollisionskurs mit der Erde, alle Berechnungen stimmten ... aber dann machte der dicke Knabe einen Schwenker, den niemand ahnen konnte, kam wieder auf seine alte Bahn und sauste brav an uns vorbei. Die Welt war ihrem Untergang noch nie so nah gewesen wie am 5. Januar: Doch das wollen wir vergessen und nie mehr darüber sprechen ...«

*

In New York kam man nicht weiter. Lil Abbot war aus Hack's Hotel ausgezogen und hatte sich ein kleines Apartment in einem modernen Wohnhochhaus gemietet.

Herp Masters schien wirklich nicht mehr in den USA zu sein, ihre Anzeige vom ›Baum in Alabama‹ blieb ohne Echo. Der Funkspruch über Kurzwelle war also kein Bluff gewesen: Herp war in Sicherheit, irgendwo außerhalb der Grenzen; vielleicht wirklich in Kanada, wo er sich in die Weite des Landes verloren hatte oder in einer der Großstädte lebte, anonym in der Masse, nie zu erkennen.

In Amerika begann das große Aufräumen nach dem Chaos, das aus Angst, Schrecken, Gesetzlosigkeit und Flucht entstanden war. Die Schäden schnellten in Milliardenhöhen. Nicht einer gab zu, den Verstand verloren zu haben aus Angst um sein Leben: Alles wurde auf Herp Masters und seinen Artikel geschoben. Der Reporter wurde das amerikanische Synonym für Chaos: Masters'sche Zustände. Wovon er immer geträumt hatte, war eingetreten, nur in veränderter, unrühmlicher Form: Er war der bekannteste Mann Amerikas geworden. Der Inbegriff eines zerstörerischen Journalismus!

»Der Mann ist tot, wo immer er jetzt auch lebt«, sagte man im Hauptquartier des FBI in Washington. Für die Regierung war er es schon längst: Messanger saß schon wieder an einem der vielen Verhandlungstische, an denen man internationale Krisen zu lösen hoffte ... wer waren da noch Herp Masters oder Dr. Pohle?

Herp Masters arbeitete auf dem schwedischen Schiff an einer neuen Artikelserie, wenn er nicht gerade mit der kleinen Elgard spielen mußte oder mit dem Kapitän über dem Schachbrett brütete.

»Glauben Sie, daß diese Artikelreihe jemand lesen wird?« fragte Sven Bordson einmal, als er ein paar Manuskriptblätter überflogen hatte.

»Nein!« sagte Herp.

»Und warum schreiben Sie sie dann?«

»Um mich vor mir selbst zu rechtfertigen, Sven.«

»Haben Sie das nötig?«

»Ja.« Herp raffte die Manuskriptseiten zusammen. »Hätte mich Elgard am Hafen nicht aufgelesen – ich hätte mir eine halbe Stunde später das Leben genommen. Ich war soweit! Aber jetzt will ich leben! Verdammt, ich will leben! Ich habe eine Aufgabe!«

»Was für eine, Herp?«

»Die Menschen aus ihrer Gleichgültigkeit zu reißen!«

»Das schaffen Sie nie, Herp! Suchen Sie sich eine Stelle als Reporter, lassen Sie Ihre Lil nachkommen und nehmen Sie das Leben so, wie es ist.« Sven Bordson baute die Schachfiguren wieder auf. »Jeder, der die Welt verändern wollte, ist bisher gescheitert. Andere Männer als Sie, Herp. Was sind Sie denn? Sie sind doch nur ein ganz kleiner Scheißer!« Er machte den ersten Schachzug. »Sie sind dran, Herp. Ich prophezeie Ihnen: Nach sieben Zügen sind Sie matt ...«

Sven Bordson gewann schon in fünf Zügen ... Herp spielte ohne Konzentration und setzte seine Figuren wie ein Anfänger. Bordson schob das Schachbrett weg.

»Es hat keinen Sinn! Sie spielen stümperhaft. Woran denken Sie?«

»An Lil! Sie haben eben Lil erwähnt ... sie weiß nicht, wo ich bin.«

»Sie weiß, daß Sie in Sicherheit sind.«

»Aber wo!«

»Wenn sie das weiß, sind Sie nicht mehr in Sicherheit«, sagte Bordson trocken. »Sie wird doch überwacht. Das haben Sie selbst gesagt.«

»Kann man nicht funken: Herp ist in Europa? Europa ist groß. Ich könnte mit einem Flugzeug schon zehnmal drüben sein ...«

»Und haben dort gleich einen Funkamateur gefunden, der solche Nachrichten in die Welt schickt . . .«

»Warum nicht?«

»Halten Sie Ihr FBI für einen Verein von Schwachköpfen?«

»Wenn sie bis jetzt nicht auf den Gedanken gekommen sind, daß ich ein Schiff hätte nehmen können . . .«

»Warten Sie's ab, Herp. Noch haben wir keinen Hafen angelaufen. Vielleicht steht ein Empfangskomitee bereit —«

»Wo legen wir zuerst an, Sven?«

»In Brest.«

»Und wann sind wir da?«

»In etwa zwölf Tagen.«

»Müssen Sie Brest anlaufen?«

»Ja. Ich muß neues Öl aufnehmen. Ich bin ein Frachtschiff, aber kein Tanker. Bis dahin sind die Dieseltanks fast leer.«

»In zwölf Tagen hat die Welt andere Interessen, Sven.«

»Mag sein . . . aber einen Herp Masters wird man nie vergessen. Nicht in den USA! Masters'sche Zustände . . . Sie haben es ja im Radio gehört, Herp! Das bleibt im Sprachschatz.« Sven Bordson goß wieder einen steifen Grog auf. Draußen war es bitterkalt . . . man durchlief das Neufundland-Becken, Treibeis war angekündigt, Radar und Ausguck waren ununterbrochen im Einsatz. Das Schiff lief nur noch mit halber Fahrt . . . zu viele Zusammenstößen mit Eisbergen hatte es hier gegeben.

»Seien Sie froh, daß wir Brest anlaufen«, sagte Bordson. »In Brest können Sie jeden Paß bekommen, den Sie wollen. Werden Sie ein anderer, Herp. Wie wär's mit einem Schotten? Die sind nach der europäischen Volksmeinung am harmlosesten. Der Schotte Percy McHawkins . . . wie klingt das? Und dann strampeln Sie sich weiter durchs Leben. Bei den Vorbereitungen will ich Ihnen gerne helfen . . . weil Elgard Sie so gut leiden mag. Nur deshalb!«

Drei Tage später fing man in der Sendestation New Bedfort wieder einen sehr schwachen Funkspruch auf und gab ihn sofort nach Washington weiter. Washington verständigte New York, und der dortige FBI-Chef stattete daraufhin Lil Abbot einen Besuch in ihrer neuen Wohnung ab.

»Herpi macht in Verdunkelung«, sagte er und legte die Notiz auf den modernen gläsernen Tisch. »Sehen Sie sich das an, Lil: ›Herp Masters in Europa!‹ Ende. Weiter nichts. Damit es auch klappt, gleich dreimal hintereinander. Dann Funkstille. Was sagen Sie dazu?«

»Ich freue mich und bin glücklich«, sagte Lil ehrlich. Sie nahm den Zettel, las die vier Worte und küßte das Stück Papier. Der FBI-Chef lächelte etwas gequält.

»Sie glauben das?«

»Ja.«

»Ich nicht. Der Funkspruch war zwar sehr leise, aber das kann man manipulieren. Herp sitzt irgendwo in der Nähe und lacht sich ins Fäustchen, das ist meine Version! Und wissen Sie, warum? Wäre er in Europa, hätte er schreiben oder ein Telegramm schicken können. Der Poststempel wäre keine Gefahr gewesen . . . man kann ein Telegramm in Paris aufgeben und vier Stunden später in Athen sein. Jeder hätte das gemacht, vor allem ein so cleverer Junge wie Herp. Aber nein . . . er schickt einen Funkspruch auf die Reise. Warum? Weil schlecht der Poststempel New Haven draufstehen kann . . . und weil er woanders nicht hinkommt, er ist in den Staaten gefangen. Für ihn sind alle Flughäfen zu. Er lebt wie eine Ratte im Untergrund. Europa . . . zum Lachen! Dort wäre er jetzt so sicher, daß er uns Ansichtskarten schikken könnte.«

Der FBI-Chef schüttete sich ein Glas Whisky ein, nachdem ihm Lil einen kleinen Barwagen an den Sessel geschoben hatte.

»Wissen Sie überhaupt, wie hoch der Schaden ist, den Herps Artikel verursacht hat?«

»Es steht ja in allen Zeitungen.«

»Das sind amtlich bekanntgegebene Zahlen. Die Wahrheit ist viel schrecklicher . . .«

»Ich will's nicht wissen, Sir.« Lil hielt sich die Ohren zu. »Zum hundertsten Male sage ich Ihnen: *Das* hat Herpi nicht gewollt!«

»Aber das hat er erreicht!« Der FBI-Chef trank das Glas Whisky langsam leer. »Sie halten uns für Unmenschen, nicht wahr, Lil? Für die großen Rachegötter?! Ganz falsch. Wir wären froh, wenn Herp in Sicherheit wäre und für immer verschwände.«

»Und wenn ich Ihnen das verspreche?« fragte Lil leise.

»Können Sie das?«

»Vielleicht . . . wenn ich genau weiß, *wo* Herpi in Europa ist. Ich würde ihn bewegen können, nie wieder in die USA zurückzukehren.«

»Eins hat Masters erreicht: Er hat den Menschen die Maske vom Gesicht gerissen«, sagte der FBI-Chef langsam.

»Dafür sollte man ihm danken, Sir! Es war an der Zeit . . .«

»Danken?« Der Beamte tat entsetzt. »Wer sieht sich schon gerne so, wie er ist?! Nein — Herp Masters wird für alle *der* Alptraum dieses Jahrhunderts bleiben!«

*

Es gibt immer Möglichkeiten, Sperren und Abschirmungen zu durchbrechen. So dick ist keine Mauer, daß nicht ein Laut durch irgendeine Ritze dränge.

Es war der Reporter Mark Neumond, ein alter Freund Herps, der als Milchmann zu Lil Abbot kam und sagte: »Herpi hat aus Brest angerufen. Er erwartet dich aber in Schottland. In Prestwick. Nächster Flughafen ist Glasgow.«

Dann setzte er seine Milchkannen ab, streckte die Beine im Sessel von sich und war ganz ruhig, als Lil vor Freude zu weinen begann und sich gar nicht beruhigen konnte.

Später erst rückte er damit raus: »Hier sind die Flugtickets, Lil. Alles ist durchorganisiert, wie's Herpi am Telefon gesagt hat. Erster Flug nach Paris ... dann mußt du alles abschütteln, was sich unter Garantie an deine Fersen heften wird ... und flieg erst weiter nach London und Glasgow, wenn du ganz sicher bist, daß dir keiner folgt. Herpi erwartet dich in Prestwick auf dem Bahnhof. Er wird ab übermorgen jeden aus Glasgow eintreffenden Zug erwarten. Übrigens: Herp heißt jetzt Gregor McLaught und hat – halt dich fest, Lil – rote Haare!«

»Ich könnte dich küssen, Mark!« schrie Lil. »Ich könnte alles mit dir tun!«

»Laß dich nicht davon abhalten, Baby.« Neumond grinste breit. »Irgendwie muß ich doch dafür entschädigt werden, diese Jahrhundertstory nicht verkaufen zu dürfen ...«

Er gab sich dann mit einem Kuß und einigen doppelten Whiskys zufrieden. Eine Stunde später war er der einzige Milchmann New Yorks, der anscheinend durch Milch betrunken wurde ... er schwankte aus dem Haus und ließ sich mit einer Taxe nach Hause fahren.

»Mann!« sagte der Taxifahrer, als sie am Ziel waren. »Ihre Milch bestelle ich auch!«

»Wenn Sie wüßten —«, lallte Mark Neumond. »Boy, wenn Sie wüßten ...«

Lil Abbots Weg wurde vom FBI bis zum New Yorker Flughafen verfolgt.

»Paris!« sagte der Chef in der Zentrale. »Aha! Sollte Europa doch stimmen? Zum Teufel, wie hat Herp sie benachrichtigt?! Fernschreiben an den CIA in Paris: Lil Abbots Spur darf unter keinen Umständen verloren werden.«

Aber Befehle sind so eine Sache ... der sie ausspricht, tut sich leichter als der, der sie ausführen muß. Auch Lil Abbots Überwachung endete in Orly, dem Flughafen von Paris.

Lil ging auf die Damentoilette — und tauchte nicht wieder auf. Eine weibliche CIA-Angestellte fand das Fenster zu einem Gepäcksteig offen ... ein uralter Trick, immer noch wirksam und — blamabel für den Pariser CIA! Es half keine Untersuchung dieses Vorfalls ... Lil Abbot war untergetaucht. Man suche ein Mädchen in Paris — es ist unmöglich.

Lil wartete zwei Tage, dann bestieg sie eine Maschine nach London. Das war völlig gefahrlos, denn die französischen Behörden hatten sich — wie vorauszusehen — geweigert, dem CIA dienlich zu sein. Ein Franzose ist nicht der Büttel der Amerikaner — das verbietet ihm sein Stolz.

So landete Lil unangefochten in London, stieg um nach Glasgow und bekam dort noch den letzten Zug nach Prestwick. Um genau 0 Uhr 27 lief der Zug in den kleinen Bahnhof ein ... Lil hing aus dem Fenster und sah schon von weitem im trüben Licht der Bahnsteiglampen einen sehr vornehmen schottischen Gentleman stehen, mit roten Haaren und Brille.

»Gregor!« schrie sie und winkte mit beiden Armen. »Gregor! Gregor!« Sie zwang sich zu diesem Namen, obwohl ihr das »Herpi! Herpi!« auf den Lippen lag. Aber das war vorbei ... man mußte sich daran gewöhnen, einen Schotten mit Namen Gregor McLaught zu lieben ...

Herp Masters wartete, bis der Zug hielt, ging dann aufrecht und nicht sehr schnell, ganz Brite, zum Wagen und half Lil auf die Erde. Dann küßte er sie — sehr distinguiert.

»Herpi —«, flüsterte Lil an seinem Hals. »Herpi, ich werde ohnmächtig vor Freude. Halt mich fest, halt mich ganz fest ... ich habe keine Beine mehr —«

Er faßte sie unter, trug sie fast vom Bahnsteig und verfrachtete sie in einen Mietwagen.

Erst hier, in dem kleinen Blechkäfig, küßte Herp Masters Lil richtig und sagte:

»Lil, ich verspreche dir eins: Ich werde nie wieder versuchen, die frommen Lügen, mit denen wir Menschen leben, zu zerstören. Ich habe begonnen, meinen ersten Roman zu schreiben. Märchen erzählen — das ist etwas Schönes. Seit Jahrtausenden liebt man die Märchenerzähler. Das ist alles, was ich dir im Augenblick bieten kann. Willst du trotzdem meine Frau werden?«

»Wäre ich sonst hier, du Kindskopf?« fragte Lil zärtlich zurück.

»Okay! Der Pfarrer weiß schon Bescheid. In zwei Wochen heiraten wir in der St. Patrickkirche von Prestwick ...«

Dann ließ er den uralten Wagen an, der Motor schnaufte, alles klirrte um sie herum, aber das Ding fuhr wirklich und trug sie hinaus in die nebelige, feuchte Nacht.

Schon nach zwanzig Metern hatte sie der Nebel verschluckt ... und dabei blieb es: Von Herp Masters und Lil Abbot sollte die Welt nie wieder etwas hören ...

Auch Peter Pohle wartete eine Woche, bis er Erika eine Nachricht schickte. Er tat es völlig unauffällig: Dr. Wenzler, der jeden Tag einen Berg Post erhielt, darunter viele Drucksachen und Firmenangebote, fand unter den verlockenden Prospekten auch das Angebot einer schwedischen Versandfirma über Ostseelachs. Mild gesalzen, über Buchenholz langsam mit Wacholderbeeren geräuchert ... eine Delikatesse.

Ein Ortsname war rot unterstrichen: Oresund.

Dr. Wenzler begriff sofort. Am Abend suchte er Erika Pohle auf. Die Zwillinge schliefen schon, und das war gut, denn so hörten sie nicht den Aufschrei ihrer Mutter, als Wenzler sagte:

»Peter ist in Schweden. In Oresund. Es ist geschafft.«

»Und was nun? « stammelte Erika. Vor Glück versagte ihr fast die Stimme. »Was nun? «

»Nun müssen Sie und die Kinder nach Schweden ...«

»Heimlich? Das ist doch unmöglich, Doktor.«

»Überlassen Sie das mir.« Dr. Wenzler lachte spitzbübisch. »Wir bringen Sie und die Zwillinge schon weg. So trocken ist die Juristerei nicht, daß wir Anwälte nicht auch mal ein paar saftige Ideen haben könnten ...«

Am nächsten Tag begann Erika zu packen. Einen Koffer für sie und einen für die Zwillinge, mehr nicht. »So wenig wie möglich mitnehmen«, hatte Dr. Wenzler gesagt. »In Schweden müssen sie neu anfangen. Es ist schwer, ich weiß es . . . aber Sie müssen sich von allem trennen können.«

Das war gut gesagt — aber wenn man vor die Entscheidung gestellt wird, von einem bisherigen glücklichen Leben nur noch zwei Koffer voll in ein noch ungewisses Leben mitzunehmen, dann gewinnt jeder Gegenstand einen unbeschreiblichen Wert.

Stundenlang packte Erika die Koffer ein und aus, saß zwischen all den Sachen, die ihr wichtig schienen, und wußte am Ende doch nicht, was sie mitnehmen sollte.

Wäsche gab es überall zu kaufen . . . aber da waren ein paar alte Kupferstiche, an denen Peter so hing, eine Reihe Fotos, eine echte russische Ikone, eine Vase aus Meißen, geerbt von der Großmutter, eine uralte Bibel aus handgeschöpftem Büttenpapier, gebunden in goldbemaltes Pergament . . . war das wichtig? Konnte man so einfach alles zurücklassen, die Tür abschließen und sagen: »So, jetzt beginnt ein anderes Leben, eine völlige Wiedergeburt«? Und sie begriff plötzlich, was es hieß, aus der Heimat vertrieben zu sein, Wanderer zwischen den Welten zu werden, ruhelos, gehetzt, nirgendwo richtig zu Hause, mit dem Herzen immer noch an der Stätte, an der man geboren worden war.

Das Schicksal eines Flüchtlings . . . das Millionenschicksal dieser modernen Welt . . .

Am Abend hatte sie dann die Koffer gepackt. Sie kamen ihr so leicht vor, so schrecklich leer. Wer hat einmal gesagt, am Ende bleibt vom Leben nur noch ein Hemd übrig?

Als Dr. Wenzler wieder kam, saß Erika hinter den Koffern mitten im Zimmer – wie in einer Bahnhofshalle.

»Der Zug ist weggefahren«, sagte sie denn auch. »Der nächste Zug hat kein Ziel ...«

»Das Ziel ist Peter!« antwortete Dr. Wenzler. »Genügt das nicht, gnädige Frau?«

»Werde ich noch beschattet?«

»Ich nehme es an. Deutsche Gründlichkeit braucht ihre Zeit, bis sie abgebaut ist. Ihr Mann steht jetzt aus zwei Gründen auf der Fahndungsliste: einmal als flüchtiger Geheimnisträger, außerdem als flüchtiger Geisteskranker. Der Professor ist nicht gewillt, seine Diagnose ohne gründliche Untersuchung zu revidieren. Das heißt also: Dr. Pohle muß gefunden werden. Bis dahin gilt er als entsprungener Irrer. Wider besseres Wissen halten die Ärzte das aufrecht ... die Rache der an der Nase herumgeführten Medizin. Ich habe alle Beredsamkeit und Beweiskraft aufgeboten ... es war, als renne ich gegen eine Gummiwand. Aber wir durchbrechen sie.«

»Und wie?«

»Sie fahren mit den Kindern zur Erholung an die Ostsee.«

»Im Winter?«

»Die Winterluft an der See ist das beste Heilklima für Bronchitiden. Sie haben doch Bronchitis, gnädige Frau?«

Erika lächelte schwach. »Chronische Bronchitis, Doktor. Wenn man mich fragt.«

»Na also! Und die Kinder sind anfällig ... da ist es eine gute Prophylaxe. Sie wohnen im ›Hotel Seeschwalbe‹ in Presen. Das ist ein romantisches Örtchen auf Fehmarn ... von dort ist es nicht weit bis zum Fährhafen

Puttgarden. Dort bleiben Sie fünf Tage, bis man überzeugt ist, daß Sie wirklich nur Ihre Bronchitis ausheilen wollen. Dann besteigen Sie die Fähre ... und wenn Sie von Puttgarden abgelegt haben, beginnt Ihr neues Leben!«

»Ein besseres Leben?«

»Wer kann das sagen?« Dr. Wenzler hob die breiten Schultern. »Für Ihren Mann ist es jedenfalls besser, in einer Umgebung weiterzuleben, die ihn nicht als rehabilitierten Idioten ansieht und unterschwellig auch so behandelt.«

»Aber er hatte doch recht! Der Komet hatte seine Bahn geändert!«

»Recht?!« Dr. Wenzler winkte ab. »Wer will ein Recht anerkennen, das sich gegen ihn selbst richtet?! Und Ihr Mann war einer von jenen, die Millionen Menschen das Ende voraussagten. Wer kann ihm das vergessen? Nichts ist unerträglicher als ein lächerlich gemachter Prophet!«

»Und wie und wo treffe ich Peter wieder?«

»Das sage ich Ihnen. Ich werde über Umwege mit Ihrem Mann Verbindung aufnehmen.« Dr. Wenzler lächelte breit. »Zunächst werde ich den mildgesalzenen, langsam geräucherten Ostseelachs bestellen ...«

*

Die Behörden, die sich mit Peter Pohle beschäftigen mußten, obwohl sie darin keinen Sinn mehr sahen, registrierten, daß Frau Pohle und die Kinder zum Winterurlaub nach Fehmarn gefahren waren. Im Hotel ›Seeschwalbe‹ waren sie ordnungsgemäß angemeldet, für 14 Tage Aufenthalt mit Vollpension.

Da die Überwachung nicht dem örtlichen Gendarm anvertraut werden durfte, sondern einer Sondergruppe vorbehalten war, drückten sich zwei unauffällige Männer in den Wirtschaften von Presen herum, machten Spesen im Rahmen ihrer bescheidenen Sätze und kapitulierten am vierten Tag vor der Ruhe der Wintertage auf Fehmarn und dem langweiligen Leben, das Erika Pohle und die Zwillinge im Hotel ›Seeschwalbe‹ führten.

»Sie erholen sich wirklich von den Strapazen der letzten Wochen«, meldete man nach Köln zur Zentrale. »Von irgendwelchen Kontakten zu dem flüchtigen Peter Pohle ist nichts festzustellen. Es wäre auch das Dümmste, hier, wo alles überblickbar ist.«

Genau diese Beurteilung der Lage wollte Dr. Wenzler mit dem Fehmarn-Aufenthalt erreichen. Er präsentierte Harmlosigkeit in Reinkultur.

Die beiden Beamten reisten wieder ab. Man war auch in Köln zu der Überzeugung gekommen, daß nicht Fehmarn der Schlüssel zu Dr. Pohle sein würde, sondern der Rechtsanwalt Dr. Wenzler. Wenn Dr. Pohle Verbindung aufnahm, dann über seinen Anwalt.

In diesen vier Tagen aber hatte Dr. Wenzler schon alles durchorganisiert. Er hatte den Ostseelachs bestellt und auf die Bestellung geschrieben: »Bitte aber nur den Lachs aus dem Fanggebiet von Oresund. Sendung bitte am 25. abgehen lassen . . .«

Das alles auf einer offenen Bestellkarte . . . sie passierte als harmlos die Kontrolle und wurde mit dem Postflugzeug nach Schweden befördert.

»Am 25. also«, sagte Peter Pohle mit bebender Stimme zu seinem Freund Gustafsen, als er die Karte von einem Angestellten der Lachsexportfirma überreicht bekam. »Wo holen wir Erika und die Kinder ab?«

»In Trelleborg.«

»Und es kann nichts schiefgehen?«

»Nichts. Sie müssen in insgesamt drei Fähren umsteigen. Auch zur Sicherheit. Leif Smoborg wird Ihrer Familie entgegenfahren und sie schon in Rodbynhavn auf Lolland in Dänemark in Empfang nehmen. Er wird sehen, ob ihr jemand nachfährt.«

Leif Smoborg war Astronom wie Peter Pohle und einer der Abteilungsleiter in Oresund. Sie waren hier alle freundlich zu Pohle, hilfsbereit, voll Mitgefühl, als seien sie alle schon jahrzehntelange Freunde. Niemand sprach mehr von dem 5. Januar ... sie hatten ja selbst die nahende Katastrophe errechnet.

»Ich weiß nicht, wie ich euch danken soll —«, sagte Peter Pohle mit schwimmender Stimme. Er umarmte Gustafsen und legte seinen Kopf auf dessen Schulter. »Ihr habt mir das Gefühl genommen, ein trauriger Clown zu sein ...«

Am 25. bestieg Erika mit den Zwillingen die Fähre nach Rodbynhavn. Die Kinder ließen sich vor Freude kaum bändigen ... es war ihre erste Schiffsreise.

Ein paarmal sah sich Erika um, aber da war niemand, der so aussah, als verfolge er sie.

Am Hafen von Rodbynhavn stand schon Leif Smoborg und winkte, als er Erika sah. Auch wenn er von Peter Pohle kein Foto bekommen hätte ... durch die Zwillinge war Frau Pohle nicht zu übersehen.

»Von jetzt an bin ich Ihr Reisemarschall«, sagte Smoborg fröhlich, nachdem er sich Erika vorgestellt und den Kindern zwei dicke Tafeln Schokolade überreicht hatte.

»Wie geht es Peter?« Erika umklammerte die Hände Smoborgs. »Wie sieht er aus? Erzählen Sie mir von ihm!«

»Da ist wenig zu erzählen.« Smoborg lachte und faßte Erika unter. »Peter fühlt sich wohl, er hat schon viele Freunde gewonnen, und alle unsere Frauen sind gespannt auf diese Erika, die ich mitbringe. Sie werden in den nächsten Wochen viel Tee trinken und Kuchen essen müssen — alle wollen Sie einladen.«

Das war der Augenblick, wo Erika vor Glück wie ein Kind zu weinen begann.

In Trolleborg wandten sich Gustafsen und Smoborg ab, als Erika und Peter mit ausgebreiteten Armen aufeinander zuliefen und die Zwillinge mit ihren hellen Stimmchen: »Papi! Papi!« schrien.

Sie bildeten ein Knäuel von Köpfen und Armen, als sie Peter erreichten und an ihm hingen. Gustafsen zog Smoborg weg zum Hafenlokal.

»Trinken wir einen Glühwein«, sagte er heiser. »Junge, mir gefrieren die Tränen in den Augenwinkeln . . .«

Später saßen sie alle in einem Kombiwagen und fuhren durch das verschneite Südschweden.

»Wir haben ein kleines Holzhaus am Meer«, schilderte Peter und streichelte Erikas Haar. »Gemietet, aber ich kann es einmal kaufen, wenn wir wieder genug in der Tasche haben. Ein gebrauchtes Auto bekomme ich nächsten Mittwoch, die neuen Möbel laufen auf Abzahlung. Mädchen, es geht aufwärts . . .«

Er küßte ihre Augen, zog dann die Zwillinge auf seinen Schoß, auf jedes Knie eins, und drückte sie an sich. Vor ihnen dehnte sich das verschneite Land, sie fuhren durch schmucke Dörfer und durch stille, mit Schnee behangene Wälder . . . eine Märchenlandschaft, die ihre Heimat werden sollte.

Als die große runde Kuppel des Planetariums von Oresund auftauchte, wandte Erika den Kopf zur Seite.

»Ich hasse die Sterne«, sagte sie leise. »Wenn ich es könnte, würde ich sie vom Himmel wischen wie Staub.«

»Es gibt nichts Ewigeres als die Sterne.« Peter Pohle starrte auf die glänzende Stahlkuppel, an der sie jetzt vorbeifuhren. Das kleine Holzhaus lag auf der anderen Seite der Bucht, von ihm aus konnte man die Kuppel nicht sehen, der Wald erhob sich dazwischen. »Wer die Sterne liebt, weiß, wie sinnlos aller Ärger auf dieser Erde ist ...«

In der Nacht saßen Gustafsen und Peter Pohle unter den riesigen Teleskopen und blickten in die Unendlichkeit. Es war eine klare Nacht, das Weltall öffnete sich ihnen und mit ihm immer wieder die Erkenntnis, daß Unendlichkeit eigentlich unbegreifbar ist. Der Mensch denkt in Begrenzungen ... ein Raum, der keine Grenzen hat, ist unvorstellbar.

Was ist Unendlichkeit?

Vor ihren Augen raste der Komet Kohatek zurück ins Nichts. Ein heller Punkt wieder, ein Fleck unter Millionen leuchtender Flecken, hineinjagend in die unbegreifliche Weite, aus der er vielleicht in 10 Millionen Jahren wiederkommen würde.

Wird es dann noch den Planeten geben, den man Erde getauft hatte? Oder wird auch er dann wieder nur ein leerer Stern sein, kahlgefegt von den Atomen, die der Mensch zu spalten lernte? Ist überhaupt ein Komet wie der Kohatek nötig, um die Welt zu vernichten? Ist der Mensch dafür nicht viel prädestinierter und vor allem dazu bereiter?

Peter Pohle gab seinem Drehsessel einen Stoß und drehte sich vom Okular weg. Gustafsen schielte zu ihm hinüber.

»War das dein Abschied vom Kohatek?« fragte er.

»Ja.« Peter Pohle wischte sich über die geröteten, brennenden Augen.

»Schwenken wir hinüber zur Venus ... ich will etwas Erfreuliches sehen.«

Sie lachten, und in diesem Lachen ging der Komet Kohatek endgültig unter.

Das Leben ist so schön ... aber man erkennt es erst, wenn ein Komet vom Himmel zu fallen droht.

Wozu eigentlich hat der Mensch zwei Augen, um zu sehen, ein Hirn, um zu denken, und ein Herz, um zu lieben — wenn er so wenig Gebrauch davon macht?